DROIT AU COEUR

SÉRIE LES FRÈRES DARCY

ALIX NICHOLS

Traduction par
MARIANNE GERMAIN

TITRE ORIGINAL : THE PERFECT CATCH

Ce roman est une œuvre de pure fiction. Les noms, les personnages, les lieux et les situations sont le fruit de l'imagination de l'auteure ou sont utilisés de manière fictive. Toute ressemblance avec des faits réels, des lieux ou des personnes existantes ou ayant existé, ne saurait être que pure coïncidence.

DE LA MÊME AUTEURE

Série « Les frères Darcy »

Mon meilleur ennemi

Pour une amourette

Droit au coeur

Un cowboy dans la grotte

Chloé la diabolique

série « Bistrot La Bohème »

Deux cavaliers sur l'échiquier

Un cadeau d'hiver

A propos d'Emma

Un rêve inattendu

A tort ou à raison

Le gardien de but Noé Masson veut prouver sa valeur à son entraîneur et aider son équipe à gagner la médaille d'or.

Avec un chien turbulent à la maison, un job à mi-temps pour payer le loyer et le championnat de water-polo qui approche à grand pas, Noé est concentré sur son but à cent pour cent.

Mais c'est sans compter sur une belle inconnue qu'il a surpris en train de fouiner dans sa cuisine...

La jeune américaine, Sophie Bander, veut convaincre son père surprotecteur qu'elle peut réussir dans l'immobilier.

Et maintenant, elle est à Paris, où elle apprend les ficelles du métier dans une grande agence immobilière. Ensuite, elle repartira à Key West, en Floride, pour intégrer l'agence de son père et épouser l'homme de ses rêves à lui. Ce n'est pas comme si elle s'attendait à être attirée par cet homme. De toute façon, Sophie n'a jamais ressenti d'attirance sexuelle.

Jusqu'à ce qu'un gardien musclé la prenne pour une voleuse et la pousse contre un mur dans sa cuisine...

UN

NOÉ

Oscar me manque.

Je m'en rends compte en traversant le lobby de la piscine couverte où je m'entraîne. Ce matin, nous avons travaillé les sprints, les haltères et les tirs – et dans mon cas, les arrêts de penalty. Lucas, notre entraîneur, pense qu'en m'améliorant, je pourrais donner un avantage au club cette saison.

Je suis d'accord avec lui.

C'est pour ça que je passe la dernière heure à bloquer le ballon avec tout mon corps, y compris ma tête. Je suis prêt à me casser le nez si ça peut aider mon équipe à gagner.

Hors du bâtiment, je m'engouffre dans la chaleur collante du milieu d'après-midi à Paris.

Beuh.

Si seulement je pouvais faire demi-tour et passer le reste de la journée dans la piscine ! Ou mieux, j'aimerais que la piscine se transforme en rivière qui irait jusqu'au 19e arrondissement.

Ça serait juste génial de pouvoir rentrer chez moi à la nage !

Résigné, je soupire et me dirige vers mon vieux scooter Yamaha garé au coin, tout en imaginant Oscar bondissant vers moi et remuant la queue.

Après une dure journée, qui commence par un entraînement, puis quatre heures de livraison, suivies d'un autre entraînement, Oscar est mon meilleur déstressant.

Ce sera difficile de me détendre quand je rentrerai ce soir.

Et ce ne sera pas plus facile le matin quand je me réveillerai dans un appartement bizarrement calme. D'un autre côté, personne ne sautera sur mon lit, ne passera sa langue baveuse sur mon visage et n'aboiera jusqu'à ce que je l'amène se promener.

En un an, je n'ai jamais autant traîné au lit que les deux derniers matins, pas depuis qu'Oscar a chamboulé ma vie de célibataire. J'aurais pu en profiter s'il n'y avait pas eu ce problème de plomberie débile dans la cuisine.

L'évier est tellement bouché que je ne peux pas le réparer.

Je m'arrête devant le café à deux pas de chez moi. Allez, dix minutes dans une salle climatisée avec un Perrier, un expresso et un jambon-beurre avant de partir en scooter à la pizzeria pour bosser. Je suis certain que la Fédération Française de Natation et la Ligue Européenne de Natation doivent avoir honte qu'un joueur professionnel de water-polo soit obligé de travailler à côté. C'est aussi l'une des raisons pour lesquelles la France n'a pas gagné de médailles olympiques depuis 1928.

1928 !

J'aurais peut-être dû aller en Italie ou au Monténégro à mon retour en Europe. Ou même en Hongrie, après tout, là-bas le water-polo, c'est *le* sport national.

Le barista me donne mon café, de l'eau pétillante et un sandwich alors que je tente de convaincre mon corps qu'il n'a pas besoin de récupérer après avoir été poussé à ses limites pendant l'entraînement de ce matin.

Dire que je suis crevé serait un euphémisme.

Avalant le dernier morceau de mon sandwich, je sors mon téléphone et j'envoie un bref message à mon nouveau propriétaire. Soit dit en passant, son nom de famille est à mourir de rire. Heureusement pour lui, il est américain, sûrement d'origine allemande avec un nom comme ça...

Monsieur Bander,

Pourriez-vous faire venir un plombier pour réparer l'évier bouché ou me confirmer que je peux en appeler un moi-même ? J'ai informé l'ancien propriétaire il y a trois semaines, juste avant la vente de l'appartement. Mme Florent n'avait pas eu le temps de s'en occuper, mais elle m'avait promis de vous tenir au courant.

Merci d'avance,

Noé Masson

C'EST la deuxième fois que je le contacte à ce sujet. S'il n'a pas répondu d'ici vendredi, j'appellerai un plombier moi-même. Je sais que les locataires ne sont pas censés prendre ce genre d'initiative sans l'approbation du propriétaire, mais comment pourrais-je l'obtenir s'il ne lit pas ses e-mails ?

En même temps, je n'ai pas envie de le contrarier. Il a acheté l'appartement avec mon bail et il pourrait me mettre dehors à son expiration.

Mais j'ai besoin d'un évier de cuisine, à la fin !

Celui de la salle de bain est si petit que je ne peux pas mettre la cafetière dessous. L'absence d'évier et d'Oscar me rend grognon ce qui pourrait affecter ma performance. Ce qu'il faut éviter absolument. Surtout maintenant que l'équipe est au top de sa forme et que nous sommes prêts pour le Championnat National de France et la Coupe LEN.

Pour me remonter le moral, je me rappelle qu'Oscar s'amuse et court librement dans le jardin des Derzians. Le veinard. Alors que d'autres chiens - et d'autres humains - subissent la chaleur de Paris, Oscar peut respirer. Il passe tout le mois dans la maison de vacances de mes voisins en Bretagne avec sa copine, Cannelle, la femelle caniche toute douce des Derzians.

Par contre, Oscar ne fait pas dans la dentelle.

Allez savoir quelle mésalliance canine a produit la

combinaison de caractéristiques bizarroïdes qui forment mon chien.

En plus, il ne sait faire aucun truc.

En bref, Oscar est un bâtard brun tacheté parfaitement mal dressé - ou si vous préférez, un enfant de l'amour - qui obéit uniquement à mes ordres lorsqu'ils correspondent à ses propres souhaits.

Oh là là, qu'est-ce qu'il me manque.

Lorsque je rentre dans mon appartement, complètement mort après le travail à la pizzeria et le deuxième entraînement, j'ai déjà planifié ma soirée. Une bière, un peu de télé et bonne nuit.

Sauf, qu'il y a quelqu'un dans la cuisine.

Vu que mon propriétaire est aux États-Unis et que personne n'a la clé, ça ne peut être qu'un cambrioleur. Et avec tout le bruit qu'il fait, il ferait mieux de changer de métier.

Je me précipite dans la cuisine.

Oh.

Le cambrioleur nul est une femme.

Elle se retourne et me fixe du regard, son bras droit toujours tendu pour ouvrir le placard où je garde mon argent liquide.

Je me jette sur elle, l'éloigne de ce qu'elle convoite, la retourne et l'appuie contre le mur. Elle n'essaie pas de résister, je l'ai clairement surprise. Je lui saisis les poignets au-dessus de la tête et je me penche contre elle pour la maintenir en place.

Elle marmonne quelque chose et commence à remuer.

—Lâchez moi !

—Hors de question.

Elle se tortille et me donne un coup de pied dans le tibia.

—Reste tranquille jusqu'à ce que je sache quoi faire de toi, dis-je.

Elle tire les bras, pour essayer de se libérer.

Bonne chance, chérie. Tu es contre un type qui passe plusieurs heures par jour à s'entraîner pour améliorer son emprise sur un ballon mouillé. Et dont une seule de ses mains est aussi grande que les deux tiennes ensemble.

Elle essaie ensuite de me repousser.

Ma réponse est de l'appuyer encore plus fort contre le mur.

Ses fesses sont extraordinaires... Normalement, je ne remarquerai pas ce genre de choses quand j'essaie de maîtriser un intrus. Elles sont hautes. Rondes. Fermes. Perchées sur des jambes fines et interminables que j'encercle plus ou moins entre les miennes.

Alors qu'elle se contorsionne et respire fort et que je la maintiens en place, quelque chose d'étrange se produit. Mes paupières deviennent lourdes et ma tête s'approche de ses cheveux châtains cendrés qui rebondissent en boucles tout autour de sa tête, comme un halo doux et chaud.

Leur fragrance délicieuse m'envoûte. Un parfum ? Nan, les parfums ont une odeur différente. C'est peut-être son shampoing ou son après-shampoing ou un autre produit cosmétique que les femmes utilisent pour coiffer leurs cheveux ?

Elle me marche sur le pied, très fort, me ramenant à la réalité.

—Aïe, dis-je d'une voix parfaitement plate pour lui montrer que je ne suis pas impressionné.

—Laissez-moi, espèce d'idiot !

Elle a un léger accent. Peut-être américain ?

— Et pourquoi, je ferais ça ? Je serre mon emprise autour de ses poignets. Pour que tu puisses t'enfuir avec ce que tu as déjà fourré dans ton sac ?

Elle tourne la tête pour me regarder dans les yeux.

—Je ne suis pas une cambrioleuse. Je suis votre propriétaire.

—Mais bien entendu. J'observe son joli profil. Ravi de vous rencontrer, Madame. Je suis Blanche Neige et les Sept Nains.

Est-ce que j'ai dit que ses cils sont magnifiques ?

Ou qu'elle a les lèvres les plus irrésistibles et les plus belles de l'univers, avec la peau la plus parfaite que j'ai jamais vue. Elle est lisse, lumineuse et a la couleur du café avec une bonne dose de lait.

J'ai une illumination.

Cette femme n'est pas réelle.

C'est un fantasme qui a pris vie. Et pas n'importe quel fantasme. C'est *le* fantasme que j'ai depuis la puberté, qui est là devant moi.

Ma main libre tressaille, alors que je résiste à l'envie de toucher son visage.

Qu'est-ce qui m'arrive ?

Ressentir de telles choses pour cette femme n'est pas

bien. Pas juste parce que je ne la connais pas ou parce que mon esprit devrait être libre de désirs sans rapport à la conquête de la médaille d'or dans la saison à venir, mais parce qu'Uma va arriver en France dans quelques jours.

J'espère.

—S'il vous plaît, Monsieur Masson, dit-elle, je peux tout vous expliquer si vous pouviez arrêter de me faire mal.

Je sursaute. Je ne veux vraiment pas lui faire mal, qui qu'elle soit et quoi qu'elle fasse dans mon appartement.

Prudemment, je relâche ses poignets délicats et je me recule un peu, tout en posant solidement les mains sur le mur de chaque côté d'elle.

Soit dit en passant, j'ai une érection.

Évidemment, je ne vois pas comment j'aurais pu faire autrement après une bonne minute appuyé contre des fesses comme ça.

Elle se retourne, en poussant dans le petit espace entre mes bras et ma poitrine et me lance un regard noir.

Je plisse les yeux.

—Alors, je t'écoute. Qui es-tu et que fais-tu dans ma cuisine ?

—Je m'appelle Sophie Bander, ses yeux noirs percent les miens. Et comme je vous l'ai dit, je suis votre nouvelle propriétaire.

Bander.

Si c'est une voleuse, comment connaît-elle le nom ridicule de mon propriétaire ? Serait-il possible qu'elle dise la vérité ?

—Il est vrai que le nouveau propriétaire s'appelle Bander, dis-je, mais c'est un *Monsieur* Bander.

Elle hoche de la tête.

—Monsieur Ludwig Bander. Je suis sa fille et je suis la propriétaire officielle de cet appartement.

D'aaaaccord.

J'avale ma salive et je fais un pas en arrière.

Elle relève le menton de manière triomphale.

D'abord mes oreilles, puis mon visage entier deviennent rouges de gêne.

Je viens juste de malmener ma nouvelle propriétaire.

—Je suis vraiment désolé pour ce malentendu, dis-je. Pourrions-nous recommencer à zéro ?

Son expression s'adoucit.

—Je vous écoute.

Je hoche la tête en signe de remerciement.

—Bonjour. Je m'appelle Noé Masson. J'habite ici.

—Bonjour, dit-elle, je m'appelle Sophie Bander. Je suis propriétaire de cet appartement.

—Ravi de faire votre connaissance, Madame.

—C'est moi qui suis ravie.

Nous nous fixons du regard.

Je me creuse le cerveau pour trouver quelque chose à dire.

—Je suis passionné par le water-polo, je lance.

—Vous jouez professionnellement ? Elle me demande avec un sourire poli.

—Oui, je réponds.

—Sauf que les professionnels de water-polo ne sont pas logés à la même enseigne que les joueurs de foot ou de tennis. La plupart des athlètes ont besoin d'un deuxième job.

—Pourquoi ?

—Les salaires sont bien plus bas.

—Quel est votre deuxième travail ? Elle passe la main dans ses cheveux. Je parie que c'est aussi cool que le water-polo.

—Je livre des pizzas.

—Oh ! Un éclair de surprise traverse ses yeux. Eh bien, moi aussi j'espère devenir une professionnelle un jour, dans l'immobilier.

—Je suis sûr que vous y arriverez.

Elle observe ses pieds pendant un moment, puis relève les yeux vers moi.

—Monsieur Masson, je crois que je vous dois aussi des excuses.

—Appelez-moi, Noé, dis-je.

Elle hoche la tête.

—Entrer chez vous comme ça, n'était pas très professionnel de ma part...J'aurais dû attendre que vous répondiez à l'e-mail de mon père. Ou que vous m'appeliez.

Je fronce les sourcils.

—Je n'ai pas votre numéro... Et de quel e-mail s'agit-il ?

—Mon père vous a écrit pour vous dire que je passerai cet après-midi pour discuter du problème de plomberie. Vous n'avez pas eu sa réponse ?

Je secoue la tête.

Elle émet un soupir.

—Je parie que le message est allé dans votre spam.

Pourriez-vous vérifier s'il vous plaît ?

Je sors mon téléphone et j'ouvre le dossier des spams.

En plein milieu de la première page, il y a un e-mail non lu de M. Bander. Il avait donc répondu à mon premier e-mail. C'est juste que son message a été classé avec une demande d'envoi d'un million de dollars du Nigeria et une offre de comprimés pour allonger le pénis en bénéficiant d'une expédition gratuite.

La ligne d'objet de la note de M. Bander manque d'imagination : « De la part de M. Bander. »

Je montre l'e-mail à Sophie.

Elle pointe un doigt élégant et secoue la tête.

—Évidemment, qu'il est allé dans le spam. J'ai averti mon père de ne pas mettre son nom dans la ligne d'objet lorsqu'il envoie des e-mails en France. Il a dû oublier.

—Vous lui avez dit pourquoi ?

Elle me dévisage.

—Non.

Je hoche la tête avec compassion. À sa place, j'aurais eu du mal à expliquer à l'un de mes parents ce que son nom signifie en argot.

—Comment se fait-il que vous parliez si bien le français ? Je demande.

—Ma mère est française.

—Ah, je comprends.

Vu que Sophie est métisse et que le nom de son père a une consonance allemande, je suppose que sa mère est noire, peut-être originaire d'Afrique de l'Ouest ou des Antilles.

— J'ai toujours habité aux États-Unis, dit-elle.

Et ça explique l'accent.

— New York ? Je demande. Je ne sais pas pourquoi, mais j'ai l'impression que c'est une Newyorkaise.

Elle sourit.

—Key West, Floride. Vous y avez déjà été ?

Je secoue la tête. Mes parents m'ont souvent amené aux États-Unis quand j'étais petit. Nous avons visité New York et San Francisco plusieurs fois. Mais je ne me rappelle pas être allé en Floride.

Mon regard se pose sur ses lèvres et y reste.

Elle s'éclaircit la voix.

—Donc, à propos de votre problème d'évier. Je cherchais le robinet d'arrêt d'eau pour l'indiquer au plombier. Vous savez où il se trouve ?

—Vous n'étiez pas loin, dis-je, en ouvrant le placard près de celui qu'elle était sur le point d'explorer quand je suis entré.

—Super, merci. J'ai parlé à un plombier, qui peut venir demain à dix heures. Est-ce que ça vous va ?

—C'est parfait. Je peux passer entre mon entraînement et le travail.

—Le numéro de téléphone dans votre bail est-il toujours correct ?

—Oui.

Elle me donne une carte de visite.

—N'hésitez pas à me contacter par mail ou à m'appeler si vous avez besoin d'autre chose. Je suis là pour vous aider.

—Merci, Mme Bander, dis-je. Il n'y avait que ce robinet qui posait problème, tout le reste va parfaitement bien.

Elle se dirige vers l'entrée, puis se retourne.

—Je vous en prie, appelez-moi Sophie.

—D'accord et je m'excuse encore de la mésaventure, dis-je en ouvrant la porte.

—Ravie de vous rencontrer, Noé. Ses lèvres se transforment en un sourire délicieux. Malgré la mésaventure.

—Vous, aussi.

Alors que ses talons claquent dans les escaliers, je me demande comment elle aurait réagi si j'avais répondu à sa question plus honnêtement. J'ai en effet besoin de quelque chose d'autre, quelque chose qu'elle seule pourrait me procurer.

J'ai besoin d'embrasser Sophie Bander.

DEUX
SOPHIE

Son membre dur contre mes fesses, qui marque ma chair de sa forme...

Le parfum au santal de son aftershave qui m'enveloppe...

Son visage à quelques centimètres du mien, son cœur qui bat la chamade et sa respiration rauque...

La sensation de son corps grand et fort appuyé contre le mien - une poitrine large, un ventre plat, ses cuisses musclées...

Je secoue la tête pour éliminer ces images. Les pensées de cette nature ne sont pas seulement inhabituelles pour moi - elles sont simplement inédites. Elles me font totalement flipper.

En plus, elles sont complètement inappropriées au travail.

Je me saisis des documents que Véronique m'a demandé de photocopier et je me dépêche dans le couloir vers les machines qui ronronnent derrière les figuiers artificiels.

Je déteste cette partie de mon travail.

Mais, bon, je suis stagiaire et c'est bien ce que les stagiaires font, non ?

Sauf que, au contraire d'autres stagiaires chez Millennium III j'ai le privilège d'être propriétaire d'un appartement parisien.

La manière dont j'ai convaincu mon père de m'acheter un T2 ici est une saga mouvementée qui mérite au moins trois volumes.

Le premier s'appellerait *L'Impossible.* Dans ce tome, Papa dit des choses telles que : « Il en est hors de question » et « Tu n'as aucune expérience de cette industrie ».

Le titre du Volume Deux serait, *Persévérance acharnée et Harcèlement sans pitié.* Il couvrirait la période de décembre à février de l'an dernier. Papa est contraint d'utiliser des arguments plus techniques, du style : « Les prix de l'immobilier français stagnent depuis 2008 » et « Je ne suis pas convaincu par un investissement à Paris, vu le risque d'une autre attaque terroriste et son effet potentiel sur le marché ».

J'ai dû collecter des statistiques indiquant que l'investissement dans certaines villes françaises - en particulier, Paris - était encore très rentable. Et pour contrecarrer le fait que je ne connaisse pratiquement rien à cette activité, j'ai invoqué ma moyenne générale comme preuve de ma capacité à apprendre vite et bien.

Le troisième et dernier volet de la saga aurait été appelé *L'Impossible devient Réalité.*

Dans ce volume, Sophie Bander trouve l'appartement et Ludwig Bander l'achète à contrecœur. Ils conviennent qu'elle en sera personnellement responsable pendant les six mois de son stage à Paris de juillet à décembre. Ensuite, elle repartira à Key West et Millennium III prendra la suite.

Sophie est extatique.

Ludwig est heureux qu'elle soit heureuse.

Fin de la saga.

La photocopieuse se met à cracher page après page dans le plateau.

Alors que la machine continue son travail, je me dis que j'ai de la chance et pas qu'un peu. Ma responsable est un excellent agent immobilier, qui pense que les stagiaires doivent faire plus que des photocopies ou servir le café au client. Véronique m'implique dans le vrai travail. La semaine dernière, elle m'a amené montrer un appartement à un acheteur potentiel. Lundi, j'ai assisté à une négociation. Il y a deux jours, elle m'a demandé de préparer un bail de location et de dresser un inventaire.

J'ai postulé à ce stage lors de mon dernier semestre à Miami et j'ai reçu l'offre le jour de ma remise de diplôme. Lorsque j'ai annoncé à Papa que j'allais passer six mois à Paris pour travailler dans une vraie agence immobilière, ses sourcils ont presque fusionné avec ses cheveux.

—Puis-je te rappeler, princesse, que *je* possède une société immobilière ici, dans ta propre ville ? avait-il dit, vexé.

—Je sais, Papa.

—Ah bon ? Il avait relevé un sourcil. Est-ce que tu te

rappelles aussi que je serais ravi de t'offrir un poste de débutante ?

Je scrutai mes pieds.

—Heu, oui.

—Mais pourquoi, as-tu besoin de passer six mois à trimer pour quelqu'un d'autre à Paris ?

Alors que je cherchais les bons mots, ses yeux s'illuminèrent d'un éclair de compréhension. —C'est ta mère, c'est ça ? Tu veux passer plus de temps avec Catherine.

Son expression s'adoucit en prononçant le nom de Maman et je me demandais si lui aussi n'avait pas envie de passer plus de temps avec Catherine.

Mais je savais bien qu'il était inutile de nourrir de faux espoirs.

Cela fait plusieurs années que j'ai arrêté de me mentir sur le fait que mes parents allaient se réunir un jour.

Mais, Papa avait raison. Me rapprocher de Maman était l'une des raisons principales de mon séjour à Paris. Je ne la vois pas assez souvent. Les vacances d'été et quelques jours à Noël ou Pâques ne suffisent pas.

Lorsque mes parents ont divorcé il y a dix ans, j'ai choisi de rester avec Papa à Key West. Mes amis étaient là. J'adorais mon école. J'adorais le climat, la ville et l'île.

Mais ce choix a eu un prix - naviguer les années d'adolescence sans ma mère à mes côtés. Bien sûr, nous parlions au téléphone, tous les jours. Plus les textos, les e-mails, Skype. Du coup, j'ai communiqué avec Maman beaucoup plus qu'avec Papa au cours des dix dernières années.

Mais toutes ces conversations désincarnées n'ont pas pu remplacer le confort de sa présence physique.

Les soirées magiques me manquent : nous les passions sur le porche à lire. Elle prenait son livre et deux verres givrés de cranberry cooler délicieux. Je me poussais et nous passions quelques heures assises côte à côte, à siroter nos verres et à lire en silence.

Son appartement parisien n'a pas de porche, ni même de balcon. Mais peu importe. Je voulais passer autant de soirées tranquilles avec elle que possible avant de repartir à Key West pour mettre en marche mon projet de vie.

Soit dit en passant, ledit projet est l'autre raison pour laquelle je passe six mois à Paris.

Je veux apprendre les ficelles du métier de Papa. Mais je veux commencer à les apprendre en tant que stagiaire dans une grande agence, où personne ne me connaît et où personne ne me réservera de traitement de faveur. Papa possède l'agence la plus importante des Keys de Floride, mais la plupart de ses employés me connaissent depuis que je suis toute petite et ils m'auraient tous traitée comme une princesse. C'est mignon, mais ça ne m'aide pas.

La deuxième plus grosse agence appartient à notre concurrent principal et ennemi juré, Doug Thompson. Bizarrement, Doug est super gentil avec moi. À chaque fois que je le rencontre à Duval Street ou au Cuban Coffee Queen et qu'il me salue d'un sourire chaleureux et d'un « Comment ça va, Sophie ? », je hoche à peine la tête. Comment puis-je être amie avec un homme qui est en guerre contre Papa ? Ce n'est pas juste de la concurrence, mais c'est une guerre sans merci, ni prisonniers ou cessez-le-feu et où tous les coups sont permis pour la domination des Keys.

Évidemment, il n'était pas question de postuler à un stage chez Doug.

Je mets les contrats scannés dans une grande enveloppe et j'enlève l'agrafe du rapport d'étude sur l'amiante pour le copier.

Alors que je l'insère dans la photocopieuse, les derniers mots que j'ai dit à Papa me reviennent à l'esprit. « Six mois, ce n'est pas grand-chose dans une vie. Je serai de retour très vite. »

Il m'avait regardé avec insistance.

—Tu crois ?

—Bien sûr. Je lui avais fait un énorme câlin.

—Je vais devenir une vraie pro et tu seras fier de moi.

Il avait passé la main dans ses cheveux courts poivre et sel et m'avait souhaité un bon voyage.

Petit pincement au cœur.

J'adore cet homme plus que tout au monde. Quel dommage que son mariage ait pris l'eau !

Depuis que Maman est partie, j'ai passé d'innombrables heures à étudier les polaroids de Papa et elle à Paris, d'avant ma naissance. Sur les photos, il y a une blonde éthérée et un dandy noir costaud, qui posent sur les Champs-Elysées, les Tuileries, devant le Louvre et d'autres monuments de la capitale. Ils se tiennent la main. Parfois, son bras enveloppe ses épaules et elle a le sien autour de sa taille. Sur ma photo préférée, ils se regardent dans les yeux avec tant de passion qu'on a l'impression que rien ne pourrait les troubler.

Je n'ai jamais ressenti ne serait-ce qu'une étincelle de passion pour quiconque, même si j'ai vraiment essayé.

Et c'est tant mieux, ça finit toujours mal de toute façon.

Je me demande pourquoi repenser à ces vieilles photos m'a rappelé ma rencontre d'hier avec Noé Masson. Clairement, ce type est un régal pour les yeux. Mais à part sa taille et son physique athlétique, mon locataire aux yeux bleus ne ressemble en rien à Papa.

Sans oublier qu'à moins d'être daltonien, personne ne me décrirait en tant que blonde nordique.

Et pourtant... il y a bien quelque chose à propos de Noé qui m'a poussé à examiner son bail pendant une heure pour trouver une erreur qui justifierait une révision. J'ai fini par trouver - *qui cherche trouve* - comme dirait Maman. L'ancienne propriétaire avait loué l'appartement non meublé, alors qu'elle l'avait équipé en intégralité, du lit jusqu'à l'aspirateur. Papa l'a acheté avec tous les meubles et le nouveau bail de Noé indique qu'il s'agit d'un bail meublé. Mais nous avons omis de modifier le préavis de trois à un mois.

Alors que la photocopie reproduit le rapport sur les termites, je sors mon téléphone et je tape un texto.

Bonjour,

Puis-je passer lundi prochain vers 20 h pour discuter d'une modification mineure dans le contrat de bail et pour vous en faire signer une copie ?

Salutations,

Sophie

TROIS

NOÉ

Lucas attend jusqu'à ce que le dernier joueur entre dans le cercle de debriefing avant de commencer ses remontrances.

—Quatre exclusions, les gars. C'est quatre de trop.

Nous faisons du mieux possible pour avoir l'air d'avoir des remords. Mais en réalité, nous savons que l'entraîneur est content du match et fier de nous. Il peut râler tant qu'il veut, il n'arrivera pas à masquer la joie dans ses yeux.

—Jean-Michel, Denis, il va falloir travailler les sprints, mais le reste c'était bien, dit Lucas avant de se tourner vers Zach.

—Toi, c'était très bien.

Zach - notre avant-centre, responsable de deux des exclusions - qui faisait croire qu'il se sentait coupable, affiche un large sourire.

—Les gars, si vous arrivez à rester impliqués, déclare

Lucas, vous serez au meilleur niveau juste au moment du championnat national.

—Nous sommes totalement à fond, coach, dit Zach.

—On fera ce qu'il faut, ajoute Denis.

Valentin, Jean-Michel et le reste de l'équipe s'écrient « On est à fond ! » et « Tu peux compter sur nous ! »

—Génial ! Lucas se tourne vers moi. Bien joué pour les arrêts, Noé. C'était parfait. Techniquement, tactiquement, tu as tout bon. Refais-moi la même chose dans le championnat et les jeux de la Coupe LEN et je serai content.

Lucas ne cherche même plus à masquer son allégresse. Et il a raison. L'équipe est au top. C'est la première fois, depuis que Lucas a fondé le club, que nous sommes véritablement prêts à nous battre pour des médailles d'or, au niveau français et européen. Le fait que nous venions juste de remporter un match amical contre l'un des meilleurs clubs du pays, en les détruisant comme s'ils n'étaient qu'une équipe universitaire, n'est pas dû à la chance.

— OK, tous à l'eau ! Lucas siffle. On se dépêche ! Trente minutes de tirs, suivies de trente minutes de crawl polo et de jambes verticales.

Valentin se balance d'un pied sur l'autre.

—C'est l'anniversaire de ma mère aujourd'hui. J'espérais finir à temps pour le repas de famille.

—Tu veux la médaille d'or ou non ? dit Lucas en regardant durement notre défenseur.

—Oui, murmure-t-il.

Lucas pointe son menton vers la piscine.

Résigné, Valentin hoche la tête et saute dans l'eau.

Une fois l'entraînement terminé, l'équipe - moins Valentin - se retrouve au bar le plus proche pour un verre habituel. Zach vient aussi. Il est rarement disponible le soir et j'ai envie de discuter avec lui.

Traitez-moi de groupie, mais ce type est vraiment unique.

Il n'a que quelques années de plus que moi, mais il assure trop. Sur le terrain, il est efficace et généreux. Même si c'est notre joueur en pointe, on peut toujours compter sur Zach pour faire une passe décisive plutôt qu'un tir direct, s'il pense que l'équipe aura plus de chance de marquer de cette manière. En plus d'être notre meilleur buteur et notre capitaine, il gère sa propre entreprise de commerce en ligne et il élève un enfant épileptique. *Seul.*

Peut-être qu'il a trouvé le secret pour maîtriser l'espace-temps.

—Tu as dormi combien de temps la nuit dernière ? Je demande à Zach après que tout le monde se soit installé autour de notre table habituelle et que Lucas ait commandé une tournée.

—Six heures, dit Zach. Pourquoi ?

Je hausse les épaules.

—Je ne vois pas comment tu peux faire tout ce que tu fais et trouver le temps de dormir.

—J'ai de l'aide.

—Dobby, le petit elfe ?

Il émet un petit rire.

—Une nounou. Elle s'occupe de Sam de 8 h 30 à 18 h pour que je puisse m'entraîner et travailler.

—Ah d'accord.

Une ligne apparaît entre ses sourcils.

—Le truc c'est que…je sais que c'est égoïste, mais j'aimerais bien qu'elle n'ait pas ses propres enfants.

—Elle te plaît ?

—Non ! Il éclate de rire.

—Elle est mariée et c'est mon employée. Donc, c'est même pas la peine d'y penser. C'est juste que…si Sam avait une nounou qui habitait chez nous, mes matins seraient beaucoup moins stressants. Et je pourrais sortir le soir et peut-être même rencontrer quelqu'un.

—Ça fait combien de temps depuis que tu—

—Depuis longtemps, il m'interrompt avant que je finisse ma phrase.

—Tu devrais contacter une agence de jeunes filles au pair, dis-je.

Zach secoue la tête.

—Mathilde est avec Sam depuis trois ans. Elle est vraiment bien et Sam est très attachée à elle. Donc, à moins qu'elle démissionne et j'espère que non, je ne veux pas employer une personne au pair.

Lucas lève son verre.

—Aux *Nageurs de Paris,* le meilleur club de water-polo en France ! Prouvons-le au reste du pays cette année !

Tout le monde l'acclame et boit une gorgée.

Zach se tourne vers moi.

—Et toi, quoi de neuf ? La dernière fois qu'on a parlé, tu en avais marre que ton frère aîné t'embête et tu espérais que ton ami d'enfance pourrait obtenir un visa.

—Je suis toujours énervé et j'espère toujours, je soupire. Je pensais que Sébastien avait laissé tomber, mais sa femme a pris le relais. C'est elle qui m'écrit des *lettres* maintenant. Tu y crois à ça toi ?

Zach sourit.

—Tu veux dire, des vraies lettres ? Sur du papier ?

—Ouaip. Et elle met des photos avec.

—De quoi ?

—De réunions de famille. De portraits de mes frères et de leurs bébés. Des trucs de ce style.

Zach me lance un regard bizarre, comme s'il voulait me dire quelque chose, mais qu'il n'ose pas. Je lui ai parlé de ma famille tordue il y a plusieurs mois. Il sait que je suis un d'Arcy du Grand-Thouars de Saint-Maurice. Il sait que je préfère utiliser le nom de jeune fille de Maman et pourquoi je ne parle pas à mes frères.

Alors, pourquoi il me regarde comme ça ?

— Tu ne crois pas que... il hésite. Tu ne crois pas que ta famille mérite une deuxième chance ? Tu n'as pas envie de rencontrer ton neveu et ta nièce ?

— Ils sont mignons sur les photos de Diane, mais, non merci. Je ne veux rien avoir à faire avec les d'Arcys.

— Et pour le visa de ton amie ? Zach a bien compris qu'il fallait changer de sujet.

Je lève les yeux au ciel.

—Le consulat français au Népal prend tout son temps.

—Je vois pas comment elle pourrait poser un risque pour la sécurité du pays.

—C'est juste la paperasserie habituelle, dis-je avec geste dédaigneux. Mais ma mère met la pression pour sa protégée, et ma mère n'abandonne jamais tant qu'elle n'a pas eu ce qu'elle voulait.

—Ça explique la détermination de tes frères, dit Zach. C'est de famille.

Même si j'ai du mal à l'admettre, il a raison.

—C'est gentil de la part de ta mère de prendre une jeune femme sous son aile, alors qu'elle n'est pas de sa famille, dit Zach. Elle lui paie tous ses frais, c'est bien ça ?

Je hoche la tête.

—À proprement parler, c'est la Fondation Marguerite Masson, dont elle est la Présidente Générale fondatrice.

—Respect.

—Elle adore Uma, dis-je. Tu vois, ma mère a toujours voulu une fille, mais elle a eu trois garçons à la place.

—Je n'ai jamais rien voulu, dit Zach en levant les yeux au plafond. Mais, merci, mon dieu, de m'avoir donné un garçon. Les filles sont adorables, mais je ne saurais vraiment pas comment m'en occuper.

Je souris.

—Uma est gentille, mais elle a du caractère et elle est très indépendante. Elle veut trouver du travail dès qu'elle arrivera ici pour pouvoir rembourser ma mère.

—Elle a raison.

—Ça ne la dérange pas de faire la plonge dans un restaurant, de faire du ménage, n'importe quoi. Je regarde les petites annonces en ce moment.

—Je ferais pareil, dit Zach en jetant un coup d'œil à sa montre. Je dois y aller. Mathilde m'a donné deux heures de plus, mais je vais être en retard.

Il salue les joueurs par un fist-bump, serre la main à Lucas et se dirige vers la porte.

Le reste de l'équipe reste une heure de plus. Nous faisons des suppositions sur le club contre lequel nous jouerons au premier tour des nationales. Nous discutons aussi des forces et des faiblesses des meilleurs clubs et de leurs joueurs.

Hormis Lucas, je suis le spécialiste des techniques de tir préférées des attaquants, parce que je passe plusieurs heures par semaine à les étudier sur vidéo.

Quand on est gardien, on n'a pas le choix.

Mais dès que je sors du bar, mes neurones convergent vers un autre problème et ma seule pensée en rentrant chez moi, est concentrée sur le texto de Sophie. Ma nouvelle propriétaire a trouvé une erreur dans le contrat de location. Elle veut en discuter et signer un nouveau contrat. Est-ce un prétexte pour augmenter le loyer ? Ou pour se débarrasser de moi pour pouvoir occuper l'appartement elle-même ?

Mon instinct me dit que quelque chose se cache derrière cette soudaine nécessité de corriger une faute d'orthographe dans le bail. Et je verrai demain si j'ai raison.

Ce qui est bizarre, c'est que je suis impatient de la voir, alors que je devrais être inquiet. En fait, « impatient » est un euphémisme. Je suis ravi. Il y a une idée de dingue qui s'est formée dans la partie la plus primitive de mon cerveau. J'ai essayé de l'ignorer et de me dire que je me berce d'illusions, mais je n'y arrive pas du tout.

Et si la femme la plus sexy qui ait jamais marché sur la terre avait inventé une erreur dans le contrat afin de me revoir ?

Et si je n'étais pas le seul à avoir perdu la tête après notre bref contact physique de l'autre jour ? Et si Sophie partageait ce sentiment et ressentait un truc pour moi depuis ?

C'est ridicule. Je sais.

Et pourtant je doute de pouvoir dormir cette nuit.

QUATRE

SOPHIE

J'appuie sur la sonnerie.

Ma blouse blanche est boutonnée jusqu'en haut et rentrée dans ma jupe droite grise. Ma nouvelle coupe est beaucoup plus sobre que l'afro que j'avais avant. Ce matin, j'ai passé deux heures chez le coiffeur pour discipliner mes boucles en carré tressé élégant.

Jusqu'à quelques instants auparavant, je portais aussi de fausses lunettes à monture carrée épaisse. Selon Sue, ma meilleure amie, elles me transforment de stagiaire de vingt-quatre ans en bourgeoise de vingt-cinq ans. Mais je les ai enlevées pour les mettre dans mon attaché-case. *Oui, un attaché-case !*

Je ne sais pas trop pourquoi j'ai fait ça.

—Vos cheveux sont différents, dit Noé après mon entrée et nous nous saluons poliment.

Oh, zut. Ça ne lui plaît pas. *Même si je m'en fiche, évidemment.*

—C'est beau, approuve-t-il en hochant la tête. C'est votre coupe habituelle ?

—Un effort spécial pour ma mère, dis-je. Elle adore les petites tresses.

C'est vrai - Maman adore le look « chic sans efforts » que ce style me donne.

Ce que j'ai omis de dire, c'est que la dernière fois que j'ai eu la patience de me faire la coupe préférée de Maman, c'était il y a trois ans. Et maintenant, ce matin.

—Est-ce que c'est aussi comme ça que ses cheveux sont coiffés ? demande Noé.

—Ma mère ? Je m'esclaffe. Elle adorerait, mais les cheveux de blanche s'abîment trop en nattes afros.

Il me regarde d'un air déconcerté.

—J'ai supposé que votre mère était noire.

Je cligne des yeux.

—Pourquoi ?

—Parce que... Il fait une grimace comme pour dire, *À l'aide*.

Je fronce et relève les sourcils. Je n'ai aucune idée de ce qui lui pose problème.

—Parce que..., il essaie à nouveau.

Je l'encourage en hochant de la tête.

—Ouiiii ?

Il m'envoie un petit sourire timide qui pourrait ranimer un cadavre.

—Parce que votre père s'appelle Ludwig Bander ?

Je rigole.

—Vous n'êtes pas le seul à présumer qu'il est blanc.

—Ce n'est pas le cas ?

—Non. Mais il y a une explication.

—Je vous écoute.

—Quand Papa est né, mon grand-père voulait lui donner le nom d'un roi. Alors, il a cherché tous les rois qui sont nés le vingt-cinq août.

—Et il a trouvé un Ludwig ?

—Exactement. Le Roi Ludwig de Bavière, né le vingt-cinq août dix-huit cent quelque chose.

Il penche la tête.

—Votre père vous a-t-il nommé Sophie d'après une reine née le même jour que vous ?

— Pas mal, je fais une fausse courbette. Princesse Sophie. En tout cas, c'est comme ça qu'il m'appelle.

— Était-ce le seul nom disponible pour votre anniversaire ? Demande-t-il. Mais je n'ai rien contre Sophie. C'est un très joli nom.

—L'autre option était Marie-Antoinette, mais Maman a dit « Tu devras me passer sur le corps. »

Il me fait un clin d'œil.

—Elle aurait dû dire, « Tu devras me passer sur le corps *guillotiné* », vu la fin malheureuse de notre dernière reine.

Je rigole, mais je me force à arrêter, en me rappelant que je suis là pour des raisons professionnelles, en ma qualité de propriétaire.

Il est temps que j'agisse comme il se doit.

—Comment va votre évier ? Je demande.

—Il est comme neuf. Merci beaucoup de votre aide !

—C'est mon travail.

Pendant un bref instant, nous nous fixons du regard et l'air s'épaissit de quelque chose de non-dit et de totalement inapproprié.

—Puis-je vous offrir quelque chose à boire ? demande Noé, en posant son regard sur ses mains.

—J'aimerais bien un verre d'eau.

Il va à grands pas dans la cuisine et remplit deux verres d'eau. Puis, nous nous asseyons à la table et j'explique la modification dans son contrat.

Les yeux bleus-gris de Noé s'accrochent à ma bouche pendant tout ce temps.

—Du coup, est-ce que vous êtes d'accord avec les nouvelles conditions ? Je demande quand j'ai fini.

Il me regarde bizarrement.

—Avez-vous l'intention de reprendre l'appartement ?

—Non.

—Parce que si c'est le cas, il ajoute, dites-le-moi pour que je puisse chercher un nouvel endroit.

—Je n'ai pas d'objectif caché, je vous assure.

J'espère qu'il voit que je dis la vérité.

Noé me fixe comme pour évaluer ma sincérité, puis il hoche la tête.

—D'accord.

—D'accord ?

—Oui, je vous crois. Il prend le stylo que j'avais posé sur la table. Où dois-je signer ?

Je pointe sur la dernière page.

—Ici, s'il vous plaît, sur les deux copies.

Trente secondes plus tard, je déchire l'ancien contrat et glisse l'une des nouvelles copies vers Noé.

—Pour vous.

—Merci.

Je mets ma propre copie dans l'attaché-case.

Nous avons terminé. J'ai fini ce que j'avais à faire ici et je peux rentrer chez moi.

Je *devrais* rentrer chez moi.

—Un peu plus d'eau ? Il me demande, en montrant mon verre vide.

—Ça va, merci.

Les conventions sociales et le bon sens indiquent que je devrais partir maintenant. Et c'est exactement ce que je vais faire. Bientôt.

Dès qu'il arrêtera de me regarder comme ça.

À tout moment maintenant…

—M. Bander vous a-t-il acheté un deuxième appartement à Paris ou vous louez ? Il me demande sans me quitter des yeux.

—Je loue.

—Dans cet arrondissement ?

—Dans le 18è.

—Vous aimez ce quartier ? Il me demande.

—L'endroit où je vis, oui. Beaucoup. Vous connaissez la rue des Batignolles ?

—Oui.

—C'est très joli. Je suis à côté de là où ma mère habite, pas loin du travail et je peux aller à pied à Montmartre.

—On dirait l'endroit parfait, dit-il. J'ai aussi habité dans le 18e quand je suis arrivé à Paris.

Je laisse échapper un juron de frustration.

—Moi qui croyait avoir l'oreille pour les accents français ! J'étais sûre que vous étiez Parisien.

—Vous *avez* une bonne oreille, dit-il. J'ai passé les huit premières années de ma vie entre Paris et la

Bourgogne. Ensuite, ma mère et moi sommes partis vivre au Népal.

—Au Népal, c'est-à-dire le pays dans l'Himalaya ?

—Oui, il sourit. Ce pays-là.

—Waouh, je m'exclame. Ça a dû être difficile de vivre si loin de chez vous ?

—Ça ne m'a pas dérangé, une fois que je me suis habitué à ne plus être avec mes fr... Il s'interrompt et son expression se durcit. À ne plus être en France.

—Vous étiez dans la capitale ?

Son visage se détend et il me lance un autre sourire.

Ce sourire va me tuer.

—La capitale du Népal s'appelle Katmandu, dit Noé. Et en effet, c'est là que nous avons passé le plus de temps. Ma mère et moi vivions beaucoup plus confortablement que la très grande majorité des gens qu'elle aidait.

—Elle était bénévole pour un organisme caritatif ?

—Elle l'est toujours.

—Vous devez être très fier d'elle.

—Je le suis.

Un autre silence s'installe, pendant lequel nous nous dévisageons sans prononcer un mot. Oubliant les bonnes manières, je laisse mon regard errer sur son cou puissant, sa mâchoire forte et sa bouche ciselée, avant d'arriver à ses yeux, de la couleur de l'océan un jour de pluie.

Nos regards se croisent.

Mon cœur s'emballe - plus fort, plus vite - jusqu'à ce que j'aie l'impression qu'il y a un compte à rebours dans ma poitrine.

Qu'est-ce qu'il m'arrive ?

Allez, Sophie, tu es assez intelligente et assez grande pour le savoir.

Ça s'appelle l'attirance sexuelle.

Quelque chose dont je n'ai jamais fait l'expérience auparavant. Quelque chose qui me semblait hors de portée. Ce qui ne me dérangeait pas, parce que - soyons honnête - le désir a-t-il jamais apporté quelque chose de bien à quiconque ?

La débauche a foudroyé des carrières brillantes. La luxure a poussé les personnes à prendre des décisions irrationnelles. La passion a mis en l'air de si nombreuses vies parfaitement heureuses et réussies... et pour quoi ? Un moment de satisfaction ?

En fin de compte, mon incapacité à être sexuellement excitée n'est pas un défaut.

C'est une bénédiction.

—Je dois y aller, dis-je en me levant. Je dois aller faire des courses avant la fermeture des magasins.

Noé se lève aussi.

—Vous cherchez quelque chose de particulier ?

—Des chaises pliantes. J'aimerais acheter deux chaises pliantes pas chères pour mon studio et un poster coloré pour lui donner un peu de caractère.

—Vous savez où trouver ces choses-là ?

Je fais oui de la tête.

—BHV.

—C'est cher à BHV.

—Comme tout à Paris.

—Mais pas à l'extérieur. Il me sourit mystérieusement. Vous êtes déjà allée aux Puces de Saint-Ouen ?

—Qu'est-ce que c'est ?

—Un énorme marché aux puces au nord de Paris, à côté de la Porte de Clignancourt. Si vous voulez trouver des objets avec du caractère, c'est là qu'il faut aller.

—J'aurais besoin d'une voiture et je ne peux pas conduire à Paris. Ma mère non plus.

—Deux chaises pliantes et un poster, hein ? C'est tout ce dont vous avez besoin ?

Je hoche la tête.

—Vous voulez un grand poster ?

—Non.

—Alors, j'ai une solution.

Je lève les sourcils.

—Mon scooter, dit-il.

—C'est gentil de votre part, mais je n'oserais pas conduire à Paris, je suis vraiment trop froussarde pour…

—Ce n'est pas ce que je voulais dire. Je vous amènerais aux Puces.

Ma mâchoire se déboîte.

—Vous n'êtes pas sérieux.

—Pourquoi pas ?

—Vous n'avez pas assez à faire avec votre vie et vos obligations ?

—Ça ne me dérange pas du tout. Son sourire s'éclaircit. Ça fait un moment que je veux y aller de toute façon. Un ami m'a parlé d'un bistro, Chez Louisette, où on peut manger des lentilles trop cuites, boire de la bière de merde et écouter des reprises horribles d'Edith Piaf.

Mes lèvres se retroussent.

—Votre description donne trop envie.

—Faites-moi confiance, c'est très marrant. En plus,

c'est le moment idéal pour visiter les Puces de Saint-Ouen.

—Pourquoi ?

—Je suis coincé à Paris entre deux saisons de water-polo et je n'ai rien de mieux à faire dimanche prochain.

J'hésite.

—Écoutez, dit-il. Si ça peut vous décider, c'est dans mon intérêt de vous amener à Saint-Ouen ?

—Peut-être... Dites-moi.

—Je considère ceci comme une opportunité unique de m'attirer les bonnes grâces de ma nouvelle propriétaire. Qui sait, je n'aurais peut-être jamais d'autre occasion.

J'admets ma défaite en levant les deux mains.

—D'accord, vous m'avez convaincue. À quelle heure ?

—Neuf-heures et demie. Je viendrai vous chercher si vous me textez votre adresse.

—Je vous la texte maintenant.

Je cherche mon téléphone dans l'attaché-case et quelques secondes plus tard, le téléphone de Noé bipe avec mon message.

Ce n'est pas très prudent, Sophie, la voix de la raison murmure dans ma tête.

Comme si je ne le savais pas ? Je réponds intérieurement.

Une sortie du dimanche avec un nouveau locataire sexy est sans doute très mal avisée.

Mais, franchement, je suis super impatiente.

CINQ

NOÉ

Maman m'envoie un appel vidéo sur Skype pendant le petit-déjeuner.

J'éteins la radio, je relève la tablette et je réponds à l'appel.

—Bonjour, mon chéri, me dit Maman.

Ses cheveux, sa tenue et son maquillage sont aussi impeccables que d'habitude.

—Salut, Maman.

—Tu m'as manqué.

—Tu me manques, aussi, Maman.

—Mon petit garçon adoré. Elle me lance un sourire teinté de nostalgie. Si beau et si grand maintenant.

Je m'éclaircis la gorge.

—Tu ne devrais pas être au bureau maintenant, en train de dire aux gens ce qu'ils doivent faire ?

Elle soupire.

—Je devrais y être, mais...j'ai pris ma journée.

—Ça ne va pas ? Tu as une migraine ?

—Oui. Elle se frotte la tempe gauche. La dernière nouvelle d'Uma l'a déclenchée.

Mon cœur s'emballe.

—Il lui est arrivé quelque chose ? Elle va bien ?

—Elle va bien, dit Maman en me regardant bizarrement. Mais elle doit partir d'ici très vite. Plus vite que nous pensions.

Je me recule dans ma chaise, en attendant plus de détails.

—Hier soir, M. Darji lui a annoncé pendant le repas que quelqu'un lui avait parlé d'elle et il prévoit qu'elle sera mariée d'ici octobre.

—Quoi ?

Elle se masse le front.

—Je savais que ça allait arriver. La dernière fois que je suis allée les voir, Mme Darji a dit qu'il était temps qu'Uma se marie, mais j'espérais que ce n'était qu'une observation générale.

Uma a vingt-trois ans, alors selon les standards népalais, elle a presque dépassé la limite.

—Et ses projets ? Je croyais que les Darjis étaient fiers de son talent et qu'elle allait à Paris pour apprendre la broderie de haute-couture.

—Ils l'étaient, dit Maman. Mais maintenant, tout d'un coup, ils ne le sont plus. J'ai eu une conversation très désagréable avec M. Darji après l'appel d'Uma plus tôt dans la soirée. Elle était au bord de la crise de nerfs, la pauvre.

—Qu'est-ce que M. Darji a dit ?

—Que l'homme qui est intéressé par Uma est un brahmane.

—Merde.

Maman fait un sourire narquois.

—Pas du point de vue de M. Darji. Pour lui, c'est la chance d'une vie et un grand honneur. Tu aurais dû l'entendre vanter le mariage. Comment raisonner avec quelqu'un qui est fou de joie ?

Je ne peux pas dire que ça me surprend. Les brahmanes sont la caste la plus aristocratique de la société hindoue, et les Darjis appartiennent aux Dalits ; l'une des castes les plus basses et les plus pauvres. M. et Mme Darji aiment leurs enfants, mais ils ne croient pas à l'émancipation féminine. Plutôt, ils ont laissé Maman encourager les rêves de leur fille parce qu'ils pensent qu'Uma, qui est belle et éduquée, est trop bien pour les marchands de rue et les ouvriers manuels de leur propre caste.

Et maintenant un brahmane fait son apparition.

Ça ne m'étonne pas qu'il soit fou de joie.

Je soupire bruyamment.

—Et Uma, elle veut se marier avec cet homme ?

—Absolument pas ! Les yeux de Maman s'écarquillent d'indignation. Elle rêve de Paris, de l'École Lesage et... Elle me regarde à nouveau bizarrement.

—Quoi ? Je l'incite à continuer.

— Elle est amoureuse de toi, dit Maman.

Cela fait maintenant des mois, qu'il y a eu des sous-entendus et des allusions, mais c'est la première fois que Maman le dit clairement.

Je penche la tête sur le côté.

—Oh, arrête. Nous sommes amis depuis des années. Je le saurais.

—Non, tu ne le saurais pas. Les hommes sont terribles lorsqu'il s'agit de ces choses-là.

—Qu'est-ce que tu veux dire, Maman ?

—Rien. Je suspecte juste depuis un moment que ma charmante protégée est éprise de mon adorable garçon.

Elle hésite avant d'ajouter :

—Je serais aussi heureuse que M. Darji, si ces sentiments étaient mutuels.

Ne sachant plus quoi dire, je cligne des yeux et la fixe du regard.

Cette conversation commence à ressembler à la situation que je déteste au water-polo où je suis du mauvais côté de la cage des buts et que le meilleur marqueur adverse se trouve à la ligne des deux mètres et qu'il n'y a pas un seul défenseur pour m'aider.

Heureusement, je ne suis pas dans la piscine à cet instant. Je peux esquiver la balle.

—Est-ce que tu peux accélérer son visa ? Je demande. Et Uma est-elle prête à défier les souhaits de son père ?

—Pour répondre à ta première question, oui, c'est possible. Tu te rappelles, M. Strausse du consulat ?

—Pas vraiment.

—Eh bien, je vais lui demander un service. Elle serre les dents. Uma aura son visa la semaine prochaine.

—Mais M. Darji sera-t-il d'accord ?

Elle étudie ses mains.

—Uma espère qu'à nous deux, nous pourrons persuader Mme Darji et qu'à trois, nous parviendrons à le faire changer d'avis.

—Mais, tu n'y crois pas, n'est-ce pas ?

Elle me lance un regard suppliant. Je connais bien ce regard. C'était le même que lorsque je demandais plus de détails à propos de mon père et de mes frères. Surtout Sébastien.

Maman m'a dit une fois, il y a cinq ou six ans, que cela lui faisait trop mal d'en parler. N'avais-je pas déjà connaissance de tous les faits ? Est-ce que je ne *savais* pas ce que mon père lui avait fait et la manière dont mes frères aînés s'étaient alignés avec lui pour ne pas être déshérités ? Est-ce que cela ne *suffisait* pas ?

Elle avait raison, bien sûr. Ça devrait suffire. Je veux dire, *c'est* suffisant.

Alors que je suis sur le point de dire au revoir, Maman plisse les lèvres et son regard durcit.

—Non, je ne pense pas que nous puissions convaincre M. Darji. Je ne pense même pas que nous arrivions à convaincre sa femme. Ils considèrent cette demande en mariage comme un don des dieux.

—Alors que va faire Uma ?

—Pourquoi ne l'appelles-tu pas pour lui poser la question?

—Je vais le faire.

Elle hoche la tête et quelques minutes plus tard, nous raccrochons.

Je finis mon petit-déjeuner avec beaucoup moins d'appétit qu'avant l'appel de Maman.

Lorsque j'arrive à la piscine, je ne suis pas le seul avec des mauvaises nouvelles aujourd'hui. En tout cas, c'est l'impression que le visage de Zach donne, alors qu'il saute dans l'eau quinze minutes après le début de l'entraînement.

Zach n'est *jamais* en retard.

—Ça va ? Je lui demande lorsque Lucas nous laisse nous reposer quelques minutes entre les exercices de jambes et de tirs.

Il fait oui de la tête.

—Ça va. C'est...je t'expliquerai plus tard.

Lucas siffle et Zach rate son premier essai alors qu'il est en position parfaire. Il marmonne un juron avant de reprendre la balle et de la lancer le plus fort possible. Je saute hors de l'eau et la bloque. Son tir suivant va être un lob. Mauvaise nouvelle pour moi, parce que Zach est l'un des rares joueurs qui est capable de le réussir.

Il tire et la balle finit dans les filets.

À la fin de la séance, il a complètement récupéré son contrôle légendaire et le visage de l'entraîneur se relaxe visiblement en conséquence. Normal. Notre capitaine n'est pas que le meilleur buteur du club. Il est sûrement le meilleur tireur en France et l'un des meilleurs en Europe. Alors que mon surnom est « Le Roc » grâce à mes talents de bloqueur, nous appelons Zach, « La Bombe », car ce type est une arme de destruction massive.

— C'est Sam ? Je lui demande dans le vestiaire. Il est malade ?

Il secoue la tête.

—Sam va bien. C'est sa nounou.

Je lève les sourcils.

—Mathilde, la Parfaite ?

—Mathilde la Parfaite réduit ses heures de moitié à partir de lundi, dit Zach en soupirant. Je vais devoir rater l'entraînement de l'après-midi et peut-être rater la saison. Je suis super stressé.

—Elle n'aurait pas dû te donner un plus long préavis ? Je noue les lacets de mes tennis. Un de ses enfants ne va pas bien ?

Il se passe la main dans les cheveux.

—Son fils aîné traîne avec les pires racailles de l'école. Il a presque été expulsé la semaine dernière pour quelque chose qui l'a tellement bouleversé, qu'elle ne veut pas en parler. Le gosse n'a que treize ans.

—Merde.

—Elle réduit ses heures pour pouvoir passer plus de temps avec ses enfants.

—Elle peut se le permettre ?

—Malheureusement pour moi, dit Zach avec une grimace, oui. Son mari est vigile dans un centre commercial et il est sur le point d'avoir une promotion, alors ils vont se débrouiller.

—Hé, c'est l'occasion de trouver une jeune fille au pair, comme on en avait parlé !

—Ton amie, Uma, dit Zach. Elle a eu son visa ?

—Pas encore, mais elle l'aura dans quelques jours.

—Tu disais qu'elle cherchait un mi-temps dès qu'elle arriverait, non ?

—Oh, je vois où tu veux en venir. Je souris largement. Oui, en effet.

—Mathilde gardera les matins, donc je cherche une fille au pair pour s'occuper de Sam l'après-midi.

—Uma ira à ses cours de broderie à l'École Lesage le matin et elle sera libre l'après-midi, dis-je. C'est parfait.

—Tu crois qu'elle pourrait rester aussi le soir de

temps en temps, pour que je puisse sortir et « profiter de la vie », comme tu disais ?

—J'en suis sûr. Uma ne te laissera pas tomber, dis-je. Elle est géniale avec les enfants.

—Elle parle français ? Sam aurait du mal en népalais et son anglais est très limité.

—Elle parle français couramment. Elle est allée au même Lycée Français que moi, grâce à la Fondation de ma mère.

Zach pousse un soupir de soulagement.

—Alors, tu crois qu'elle serait intéressée ?

—Je lui demanderai aujourd'hui, mais je suis certain qu'elle va être ravie.

—Dis-lui qu'elle aura une grande chambre ensoleillée, entre la chambre de Sam et la salle de bain des invités. Nous signerons un contrat standard et je lui paierai les heures supp en liquide.

Je hoche la tête.

—Nous dirons à ses parents qu'elle travaillera pour une famille, d'accord ? Si des Népalais appellent chez toi, tu es *marié.*

— Pas de problème, dit Zach en souriant. Je comprends tout à fait que ça rassurera ses parents. S'il le faut, je peux demander à Colette de faire semblant et de leur parler sur Skype quand elle passe voir Sam

—Ça ne la dérangera pas ?

Zach a maintenu une bonne relation avec son ex dans l'intérêt de Sam, mais je doute que ce soit quelqu'un de très gentil.

—Elle le fera, dit Zach.

—Cool.

Il me lance un regard méfiant.

—Il y a quelque chose entre toi et Uma ?

Je ne m'attendais tellement pas à la question que j'en perds ma langue.

—Je ne veux pas être indiscret, ajoute Zach rapidement. Et tu peux me dire que ce ne sont pas mes oignons. C'est juste que...si je vais être son futur employeur et vu que tu es mon ami, j'aimerais savoir si elle est *plus* qu'une amie pour toi ou si elle *était* plus qu'une amie. Pour éviter les gaffes.

—Tu as raison de poser la question, dis-je. Nous n'avons jamais eu de relation amoureuse. Mais on était proches en grandissant. Elle est géniale.

Zach penche la tête.

—Est-ce que c'est une manière indirecte de dire que tu aimerais avoir une relation amoureuse avec elle ?

Je pense à ce que Maman m'a dit. Uma est amoureuse de moi. Est-ce qu'elle pourrait avoir raison ? Et moi ? Est-ce que je voudrais qu'Uma soit plus qu'une amie ?

—Relax, dit Zach en me tapotant l'épaule. Je suis son potentiel employeur, pas son grand frère.

Je saisis mon sac de sports et je me lève.

—Si je cherchais une relation, je suppose qu'Uma serait parfaite. En tout cas, ma mère approuverait.

—Bravo, mon pote, dit Zach en souriant. Tu ne sors pas encore avec elle, mais tu as déjà l'approbation de ta mère. Il se lève et met son sac à dos sur son épaule. Pour ce que j'en pense, tu as la mienne, aussi.

—Merci. Je contorsionne mon visage en un sourire crispé. Mais pour l'instant, je ne cherche pas à avoir une copine. Je veux me concentrer sur le championnat.

Et c'est pour ça que je ferais mieux d'ignorer l'attirance que je ressens pour Sophie.

Proposer de l'amener au marché aux puces dimanche fait preuve d'un manque de jugement déplorable. Mais c'est trop tard pour annuler. Ça va bien se passer. Je ferai mon devoir en tant que bon locataire, en m'assurant de rester amical et professionnel à tout moment. Et après lui avoir dit au revoir, il est probable que je ne la reverrai jamais.

—Oui, absolument, dit Zach. Je veux me concentrer sur les jeux aussi. Mais je suis impatient d'avoir une jeune fille au pair à la maison, pour pouvoir sortir avec quelqu'un à nouveau.

Je lui lance un sourire de compassion.

—Enfin, ajoute Zach, si j'arrive à comprendre les nouvelles règles des relations amoureuses et me rappeler comment demander un rencard à une femme.

C'est à mon tour de lui tapoter l'épaule.

—Ne t'inquiète pas, mon pote. Je connais une célibataire super canon qui pourrait être exactement ce dont tu as besoin.

Au moment où ces mots sortent de ma bouche, je souhaite plus que tout pouvoir revenir en arrière. Une jalousie que je n'ai jamais ressentie pour quiconque auparavant s'agite au plus profond de moi. J'ai l'impression d'être un personnage du film *Alien*, qui découvre qu'une horrible créature a grandi et éclos silencieusement dans son ventre.

La bête se débat de douleur et de colère, rugissant,

—Sophie est à moi !

C'est quoi ce bordel ?

—Ça serait génial ! Zach se tourne vers moi, les yeux brillants. Tu crois que tu pourrais organiser une rencontre fortuite ?

—Pas de problème. Je force un sourire, alors que l'alien hurle si fort que j'ai du mal à m'entendre parler.

SIX

SOPHIE

—Montez, dit Noé, en me donnant un casque et en désignant du menton l'espace derrière lui.

La seule chose que son scooter a en commun avec les deux-roues élégants prisés des Parisiens est sa forme générale et le fait qu'il a un moteur.

—Vous avez trouvé ce... *truc* aux Puces ? Je demande en grimpant derrière lui.

—Ne vous inquiétez pas, dit-il. Il est en meilleur état qu'il n'en a l'air.

Une fois que j'ai ajusté le casque, je mets mes bras autour de sa taille et nous partons dans le tumulte et les gaz d'échappement.

Lorsque nous arrivons sur le Périph, je suis une loque.

Je savais que le trajet serait difficile à cause du bruit, de la circulation et de la pollution. D'ailleurs, j'avais anticipé les douleurs musculaires dans le cou et les épaules, parce j'allais passer tout le trajet tendue, effrayée à l'idée de nous faire renverser par un camion ou de nous envoler de notre destrier de fer dans un virage serré.

Mais, en réalité, c'est une toute autre peur qui me terrasse.

Alors que nous slalomons entre les voitures, les bus et les motos, je m'inquiète que Noé entende les battements affolés de mon cœur dans ma poitrine. Il pourrait mal les interpréter ? Peut-être va-t-il croire que je serre ses hanches entre mes cuisses, *pas* parce que j'ai peur pour ma vie, mais parce que j'aime ce contact ? Oh, la honte ! Il pourrait s'imaginer que le frottement constant entre lesdites cuisses et hanches m'excite.

Ce n'est pas le cas.

Et s'il supposait que la raison pour laquelle je m'accroche fort à lui, les seins écrasés contre son dos et la joue appuyée contre sa nuque, n'est pas pour augmenter mes chances de survie, mais parce que j'ai envie de lui ?

Ce n'est pas le cas.

Personne n'a cet effet sur moi.

Ce que je ressens c'est de l'adrénaline, pas du désir. Impossible que ce soit du désir. Le désir c'est pas mon style. Je ne l'ai jamais ressenti avant et je ne vais pas commencer maintenant. En plus, vue la manière dont j'envisage le futur, je n'en ai pas besoin.

Environ vingt minutes plus tard, Noé sort du Périph et gare le scooter devant une rangée d'étals de bric-à-brac.

—Et voilà, annonce-t-il en enlevant son casque. Bienvenue aux Puces de Saint-Ouen !

Je lui donne mon casque et je regarde autour de moi.

—Où est l'entrée ?

—Ici, dit-il en pointant le doigt vers le groupe de vendeurs dépenaillés, qui proposent des montres et des sacs à main de contrefaçon à même le sol.

—Est-ce qu'il y une porte magique qui va s'ouvrir si nous passons au milieu de ces gens ?

Il rit dans sa barbe, en mettant nos casques dans la sacoche.

—Je suggère de les contourner. Il y aura deux ou trois jolis portails à l'intérieur du marché.

—Promis ?

—Juré.

—Alors, d'accord.

—On y va ? Il fait un signe vers les étals. Nous avons beaucoup de choses à voir.

Je hoche la tête et le suis.

Pendant l'heure qui suit, nous déambulons entre les stands présentant de vieux timbres, des gadgets de cuisine, des bijoux fantaisie, des disques et toutes sortes de bibelots. Le temps a été aussi doux pour certains de ces objets que pour Jane Fonda. D'autres ont moins bien vieilli.

Je m'arrête devant une petite boutique qui vend des robes de mariée vintage.

Oh là là, qu'est-ce qu'elles sont belles.

Je ne parle pas des horreurs des années 80 avec les énormes manches et les jupes en nylon, dont le blanc a viré au gris. Celles que je regarde bêtement sont les beiges en soie et dentelle grèges.

Le jour où j'épouserai l'homme des rêves de Papa, je porterai une robe comme ça.

Lorsque nous passons devant un étal avec des

dizaines de têtes de poupée, rangées par taille et couleur, je grimace et jette un œil à Noé.

Il hausse les épaules.

—Chacun ses goûts.

—Continuons, dis-je. Elles me donnent la chair de poule.

—Saviez-vous que c'est le plus grand marché aux puces du monde et le plus vieux ? demande Noé, alors que nous continuons à flâner.

—C'est vrai ?

—Il a été fondé dans les années 1880 par des chiffonniers qu'on appelait des *biffins*.

Je tords les lèvres.

—Quelqu'un a pris le temps de faire des recherches.

—Je fais juste mon travail de guide pour la journée.

Une autre heure passe où nous explorons l'artère principale des Puces, appelée rue des Rosiers et les allées qui en bifurquent et je trouve ce que je cherchais. En fait, c'est Noé qui voit l'étal vendant des posters vintages encadrés. Je choisis une affiche rouge et blanche adorable, d'un film des années 50, intitulé *Mon Oncle*.

Quelques étals plus loin dans la rue des Rosiers, nous tombons sur un magasin de meubles avec des chaises pliantes. Elles sont en bon état et pas chères.

—Parfait, dit Noé, en les mettant sous son bras. Je pense que c'est l'heure d'un déjeuner musical bien mérité Chez Louisette.

—Vous n'achetez rien ?

—J'espérais trouver un jouet pour Oscar, dit-il. Mais, je n'ai rien vu.

—Qui est Oscar ?

—Mon chien.

—Vous voulez dire, votre chien *imaginaire* ? Je croise les bras sur la poitrine. Je suis venue chez vous deux fois et je n'ai pas remarqué d'animaux.

Ses lèvres se relèvent sur ses dents blanches.

—Ça me flatte que vous me voyiez comme quelqu'un qui aurait un chien imaginaire. Mais Oscar existe.

Je relève un sourcil.

—Il est en vacances en Bretagne.

Mon second sourcil monte aussi.

—Avec mes voisins, ajoute Noé.

—Bien entendu. J'adopte une expression polie. Vous a-t-il envoyé une carte postale ? Est-ce qu'il s'amuse bien ?

—La dernière fois que je l'ai eu au téléphone, il avait l'air vraiment content, répond Noé, sans se démonter.

—Vous m'en voyez ravie. Et à part ça, comment s'occupe-t-il ? Il a fait du tourisme ?

Noé sourit.

—Je ne plaisantais pas, vous savez. Oscar utilise différents sons pour exprimer ses émotions et ses besoins et j'ai appris à décoder les bases.

—Alors vous parlez le chien.

—Je le comprends.

—Donnez-moi un exemple.

—D'accord. Il se gratte la nuque. Voyons. Il utilise un grognement de frustration unique pour dire, *Mon jouet est coincé sous le canapé et mes pattes sont trop courtes pour l'attraper.*

C'est à mon tour de sourire.

—Mais encore.

—Des gémissements aigus signifient *Je dois faire pipi.*

—Un autre ?

—Quand il ronronne, cela veut dire en gros *J'aime ce que tu fais. S'il te plaît continue.*

Je penche la tête sur le côté.

—Oscar ronronne.

—Oh, oui !

—Et vous êtes *sûr* qu'il existe vraiment.

—Vous ne me croyez pas ?

—Heu... non.

—D'accord. Ses lèvres se pincent. Faisons un pari. Si Oscar n'existe pas, vous aurez une place aux premières loges du premier match de la saison à domicile.

—Et s'il existe ?

—Vous viendrez dîner avec moi et deux de mes amis au Moose.

—C'est quel genre d'endroit ?

—Un bar sportif canadien.

J'accepte ses conditions avant de réaliser que quoi qu'il arrive, Noé et moi devrons nous revoir.

Pendant quelques minutes, nous suivons le GPS sur son téléphone qui nous amène Chez Louisette.

—Fondé en 1930, dit Noé dans une voix grave de présentateur TV, en ouvrant la porte pour moi.

Je fais un pas à l'intérieur...et je tombe dans une distorsion temporelle.

Le restaurant est délabré, comme s'il n'avait pas été rénové depuis 1930, mais il brille comme un arbre de Noël. Des guirlandes bon marché, des pompons et des rubans rouges et or sont suspendus au plafond. Des boules miroirs et des chandeliers pendent entre les rubans.

Comme si ça ne suffisait pas, des fils de lumière criards renforcent l'apparence kitsch du lieu, en attirant l'œil vers le coin des chanteurs, où une vieille dame rondouillarde s'époumone sur *La Vie en rose* de Piaf. Un homme à l'âge et à la corpulence assortis, l'accompagne à l'accordéon. Certains des clients chantent en cœur.

Dans l'espace entre les tables et le bar, trois ou quatre couples dansent une valse rapide et saccadée, que j'ai déjà entendu dans des vieux films français que je regardais parfois avec Maman.

Je n'arrive pas à croire à la réalité de cet endroit.

Nous nous asseyons et commandons une bière pour Noé et de l'eau pétillante pour moi, ainsi que le plat du jour pour tous les deux, un genre de plat mijoté.

La chanteuse termine *La Vie en rose* et passe à la chanson non moins célèbre *Non, je ne regrette rien*.

—Avez-vous des amis ou de la famille à Paris ? demande Noé.

—Ma mère habite ici.

—Vos parents sont séparés ?

—Divorcés.

—Moi aussi, dit-il.

—Votre père est en France ?

Noah grimace.

—Sa tombe l'est.

—Je suis désolée.

—Pas moi.

Mes sourcils s'élèvent très haut.

—C'était quelqu'un de foncièrement méchant, dit Noé.

—C'est sévère.

—Pourquoi ? Mon père était débauché, radin, cruel et on ne pouvait pas compter sur lui.

—Vraiment ? Tout ça ?

—Je vais vous donner un exemple. Plusieurs années après le divorce, ma mère avait besoin d'argent, alors elle a mis sa fierté de côté et lui a demandé s'il pouvait l'aider. La réponse a toujours été non.

—Il était fauché ? Je demande.

— Oui, mais pas comme on l'entend d'habitude, il ajoute de manière énigmatique et le visage sombre.

Ça me rend triste pour lui. Malgré le divorce de mes parents, j'ai profité d'une enfance heureuse avec Maman et Papa, qui me choyaient et qui étaient assez riches pour me procurer presque tout ce que je voulais. Par contre, on dirait que Noé a grandi pauvre et rejeté par son père. Cela a dû être dur pour lui.

—Comment faisiez-vous pour vivre avec peu de moyens ? Je demande.

—Nous n'étions pas pauvres, il marmonne, se détournant de moi

Génial. Maintenant, je l'ai vexé.

Nos boissons et nos plats arrivent au bon moment pour détendre l'atmosphère.

—Comment vous êtes-vous mis au water-polo ? Je change de sujet. C'est un sport populaire au Népal ?

Son visage se fend d'un sourire.

—Les Népalais préfèrent le polo sur éléphant.

—Vous y avez joué ?

Il secoue la tête.

—Je suppose que je suis trop Français pour ça. En plus, j'adore l'eau et nager et j'adore les jeux comme le hand-ball et le basket.

—En tout cas, vous êtes assez grand pour le basket.

—J'y ai un peu joué au collège. Mais le jour où j'ai essayé le water-polo, j'ai su que c'était mon sport.

La chanteuse, qui avait quitté la salle momentanément, retourne à sa place. Elle hoche la tête vers l'accordéoniste et commence à fredonner : *Padam... Padam....*

—C'est ma chanson de Piaf préférée, dis-je.

Un homme et une femme d'âge mûr à deux tables sur notre gauche, se lèvent et se mettent à valser énergiquement devant le bar.

—Cette danse s'appelle *la java,* non ? Je demande à Noé.

—Aucune idée, dit-il. Vous voulez essayer ?

Je cligne des yeux.

—Vous savez la danser ?

—Non. Mais, ça n'a pas l'air trop compliqué.

La tentation est trop forte, je pose mon verre sur la table.

—Je vais peut-être vous écraser les orteils.

—Allons-y.

Il m'offre sa main et nous nous dirigeons vers la piste de danse improvisée.

Alors que nous virevoltons et tanguons maladroitement, je suis totalement concentrée sur la main de Noé tenant la mienne, bien serrée. Son autre main s'est posée juste au-dessus de la taille basse de mon jean. Sa paume est énorme. Elle enveloppe doucement ma hanche, mais je sens sa force et sa chaleur à travers le tissu fin de mon t-shirt. Ma peau picote. Ce qui est bizarre, c'est que je trouve son toucher…agréable.

—Quel est votre poste dans l'équipe ? Je demande pour m'éloigner de cette pensée troublante.

—Gardien.

—C'est vous qui avez choisi ?

—C'était plus par hasard que par choix, dit-il. Lorsque j'ai rejoint l'équipe à l'université, mon entraîneur avait besoin de quelqu'un dans les cages. J'étais le plus costaud de l'équipe, et au bout de quelques matchs, je me suis rendu compte que c'était tout naturel pour moi de bloquer.

—Je vous envie, dis-je. J'arrive à bien faire la plupart des choses que j'essaie, mais je n'ai jamais été *naturellement* douée pour quoi que ce soit.

Il me fait un clin d'œil.

—Continuez d'essayer.

À la fin de la chanson, nous retournons nous asseoir et Noé sort son smartphone.

—Alors, voyons qui va gagner le pari.

—Maintenant ?

Il hoche la tête, manipule son téléphone et fait défiler les écrans, jusqu'à ce qu'il trouve ce qu'il cherchait. Il me montre une dizaine de photos de lui et de son compagnon à quatre pattes. Ensuite, il me montre une vidéo où il gratte le cou du chien.

Oscar penche la tête en arrière et ronronne. Le son qu'il fait est grave, doux et continu. Il exprime vraiment : *Ah oui, juste là, ne t'arrête pas.*

—Très bien, je lève les yeux vers Noé. Vous avez gagné.

Il me fait un large sourire.

—Alors, qui sont ces amis que j'aurais l'honneur de rencontrer ?

—Il y a Uma, dit-il. Ma meilleure amie. Elle arrive du Népal ce week-end.

—Elle vous rend visite ?

—Non, elle va rester plus longtemps. Il me lance un regard étrange que je n'arrive pas à interpréter. Pour toujours, j'espère.

Inexplicablement, ces mots me font chanceler.

—Et l'autre ? Je demande.

—Zach, le capitaine de mon équipe. Les yeux de Noé se fixent sur sa bière. C'est un brillant homme d'affaires et un gars super. Zach cherche à rencontrer une charmante jeune femme ... comme vous.

Ho-ho.

Je force un sourire.

—Ça serait génial.

SEPT

NOÉ

Je gare mon scooter à quelques rues de la maison de Zach et je me dirige vers sa jolie maison en briques rouges au bout de la rue. Zach habite dans une banlieue de Paris où je n'étais jamais venu, avant d'aider Uma à emménager ici.

Elle a eu son visa et est arrivée en France il y a dix jours.

Au départ, elle devait occuper l'appartement vide de mes gentils voisins jusqu'à la fin août, lorsqu'ils rentreraient de Bretagne. D'ici là, elle aurait trouvé un travail et une colocation ou une chambre à la Cité Universitaire. Mais Zach était impatient qu'elle commence dès que possible. C'est ce qui s'est passé et selon Zach, elle s'est très bien entendue avec Sam immédiatement.

J'en suis très heureux, parce qu'en plus c'est moi qui ai initié cet arrangement. Et c'est carrément parfait sous tous les angles. Tout d'abord, Uma pourra rendre l'argent de la bourse dont d'autres ont plus besoin d'après ce qu'elle dit. Ensuite, elle sera en sécurité chez Zach, en qui j'ai une confiance absolue, donc Maman et moi n'ont pas à nous inquiéter. Et enfin, Zach est soulagé d'un énorme poids. Il peut désormais tenter d'avoir une vie amoureuse.

À ce propos.

J'ai appelé Sophie ce matin pour voir si elle était libre ce samedi soir pour la soirée dont nous avions discuté au marché aux puces. Elle a dit oui. J'ai dit « génial », sauf que je trouve que c'est tout, sauf génial.

Je n'arrête pas de penser à notre *java* dans ce bistro kitsch, il y a deux semaines. C'était pour rire et je l'ai maintenue à une distance sûre du début à la fin, mais putain, que c'était dur. Tout comme la première fois où nous nous sommes rencontrés lorsque je me suis retrouvé à bander comme un âne, quelques secondes après l'avoir plaquée contre le mur.

Alors que nous dansions, la main que j'avais placée sur sa hanche aussi légèrement que possible, brûlait de la tenir plus fort. Mes doigts désiraient caresser son dos mince. Ma paume n'avait qu'une envie : appuyer sur sa hanche, pour que je puisse apprendre sa courbe exacte et imprimer sa forme dans ma chair, avant de glisser plus bas pour étreindre ses fesses extraordinaires. Et comme si ça ne suffisait pas, l'envie de la serrer contre ma poitrine et de prendre sa bouche m'avait presque fait perdre la raison.

Si la chanteuse avait repris un refrain supplémentaire de *Padam... Padam...*, j'aurais pu perdre le contrôle et faire toutes ces choses.

Clairement, Sophie Bander est la pire distraction que j'ai jamais eue à surmonter. Elle m'éloigne de ce qui est important. Pire, lorsque je suis près d'elle, mes pensées se brouillent et j'ai cette impression dangereuse que rien d'autre ne compte. La saison, le travail de Maman, le futur d'Uma, tous mes objectifs et mes souhaits font pâle figure comparés à mon besoin de la tenir dans mes bras.

Encore pire, je doute qu'une nuit avec elle épancherait mon désir.

Quelque chose me dit que cela aurait l'effet inverse. Coucher avec elle me donnerait encore plus envie de coucher avec elle et je n'aurais plus aucun contrôle sur la situation. Parce que j'ai compris ce que Sophie était. Une sirène dormante. Une femme fatale qui prétend n'avoir rien d'exceptionnel. Qui *croit* ne pas être exceptionnelle.

Ce... ce *truc* que je ressens doit être étouffé avant qu'il ne soit trop tard.

Je sonne à la porte de Zach.

Derrière la porte, quelqu'un descend les escaliers à grands pas.

—C'est moi qui ouvre ! C'est moi qui ouvre ! Sam crie ravi.

Une deuxième personne se précipite jusqu'à la porte.

—D'accord, mais tu dois poser la *question* d'abord, dit Uma en riant.

—D'accord ! Qui est là ? Sam hurle.

—C'est moi, dis-je en mettant un œil au judas.

Il y a un moment de silence. J'imagine Sam interrogeant Uma du regard. Elle dit quelque chose que je n'arrive pas à comprendre.

—Dites votre prénom et... Sam ordonne avant d'hésiter. Et votre...

Uma chuchote encore quelque chose.

—Nom de famille, crie Sam. Et recule du judas pour qu'on puisse te voir.

—Laisse-moi t'aider Sam, dit Uma derrière la porte, en le levant pour qu'il puisse me voir.

Je me recule, je souris et je dis bien fort :

—Noé. Masson.

—Je me rappelle de toi, Sam affirme. Tu es le gardien !

La porte s'ouvre et j'entre.

Dix minutes plus tard, nous sommes assis tous les trois autour de la table de la cuisine. Uma donne à Sam une tasse remplie d'une boisson non identifiée et nous prépare un Nespresso.

—J'arrive tout de suite ! annonce Zach du premier étage. Je dois juste finir une audioconférence.

Uma prépare un allongé, comme Zach l'aime.

—Alors, comment ça se passe ? Je demande.

Elle sourit et lance un regard à Sam qui se cache le visage derrière sa tasse Winnie l'Ourson. —Ça ne pourrait pas aller mieux.

Sam pose sa tasse sur la table.

—Papa va aux lions demain et je reste avec Uma pendant deux jours et on va regarder *Lilo et Stitch* et *Leroy et Stitch*.

Je me tourne vers Uma.

—Zach est en déplacement à Lyon pendant deux jours, explique-t-elle, en essuyant la bouche de Sam.

Alors, oui, on va se coucher tard et regarder les films préférés de Sam.

—C'est vraiment pas juste, Zach entre et s'assoit à côté de Sam. J'adore autant ce film que toi.

—Tu peux le regarder avec nous la prochaine fois, Sam dit, magnanime.

Zach lui serre légèrement l'épaule.

—Merci, mon p'tit gars.

Une fois que le garçon est parti jouer avec son train électrique, un pli profond se creuse entre les sourcils de Zach.

—Je suis nerveux de partir pendant deux jours.

Uma lui donne sa tasse.

—Tu ne devrais pas l'être.

—Tu as à peine commencé il y a une semaine et je te laisse déjà seule avec lui, Zach secoue la tête.

—Ce n'est qu'une nuit. Uma s'assoit à côté de moi. En plus, tu n'avais pas le choix.

Zach se tourne vers moi.

—J'espérais que Colette allait se montrer à la hauteur pour une fois...mais ce n'est pas le cas.

J'esquisse un rictus en pensant à la réponse standard que la mère de Sam avait dû donner à Zach. Si Zach l'avait écouté quand Sam est né, il serait avec d'autres gens maintenant. Mais Zach a choisi de le garder, en étant conscient de la maladie du garçon, et donc, Sam est désormais le problème de Zach. Pas celui de Colette.

Mon coéquipier lance un regard d'excuse à Uma.

—Il suffit que tu me le dises et j'annulerai le déplacement.

—Je sais exactement ce que je dois faire si Sam a une

crise. Arrête de t'inquiéter. Elle le regarde dans les yeux. Ce déplacement est super important pour ton entreprise, n'est-ce pas ?

Zach hoche la tête.

—Oui. Sinon, je n'envisagerais même pas d'y aller.

Elle hausse les épaules.

—Uma a raison, dis-je à Zach. Arrête de t'inquiéter. Tu laisses ton fils en de bonnes mains.

Je le pense vraiment. Uma est la personne la plus fiable au monde. Elle est gentille, douce, compétente et a toujours le contrôle. Le genre de personne en qui j'ai une confiance absolue...et à qui je confierais mon enfant, si j'ai un enfant un jour.

Maman a raison ; elle est parfaite. Je suis honoré qu'une femme comme elle ait des sentiments pour moi.

—Hé, dit Zach en se tournant vers moi. Je ne t'ai pas vraiment remercié d'avoir organisé la soirée samedi prochain. Sophie a l'air d'être quelqu'un avec qui je pourrais m'entendre.

Je hausse les épaules comme si ce n'était rien.

—Tu me remercieras plus tard, si tout se passe bien. As-tu trouvé une solution pour Sam ?

—Je peux m'occuper de lui, propose Uma.

—Hors de question. Tu viens avec nous, dit Zach en lui faisant un clin d'œil. Noé serait *très* déçu si tu ne venais pas.

—Et Sam ? demande-t-elle.

Zach esquisse un sourire de triomphe.

—Mathilde a accepté de venir le garder ce soir-là.

— Super, dis-je en me levant. Merci pour le café, Uma.

Elle sourit.

—Quand tu veux.

—Tu seras à l'entraînement demain matin ? Je demande à Zach.

Il hoche la tête.

—Mon train *aux lions* part à treize heures quinze.

QUAND JE RENTRE CHEZ MOI, il y a quelque chose dans ma boîte à lettres. L'écriture sur l'enveloppe est celle de Diane.

Génial.

Encore une autre lettre indésirable de ma belle-sœur, qui semble être encore plus têtue que mes frères et refuse de me laisser tranquille.

Je m'affale sur le canapé, déchire l'enveloppe et récupère une feuille de papier. Elle a aussi glissé quelques photos comme d'habitude. Je mets les photos de côté et je lis la lettre.

Cher Noé,

Sébastien, moi et notre bébé Tanguy passons un autre merveilleux week-end sur ton domaine. Regarde les photos que j'ai envoyées. Que penses-tu du parc ? Et le château n'est-il pas absolument magnifique ? La vigne sauvage sur la façade est si jolie contre les vieilles pierres, on dirait que je l'ai photoshoppée. (Juste au cas où c'est ce que tu penserais, note que ce n'est pas mon style).

Tu devrais venir le voir de tes propres yeux.

Oh, je viendrai—peut-être plus tôt que tu ne penses.

Pour informations, j'ai fait plusieurs grands tirages de cette vigne. Ils sont encadrés et rangés dans la remise. Ils pourraient être utiles si tu décides de rénover l'intérieur, qui en a vraiment besoin.

Pff. Comme si ça m'intéressait.

Crois-moi, je n'exagère pas. Le Château d'Arcy tombe en ruine. Vue l'épaisseur de ses murs, la structure n'est pas en danger, mais le reste... Si tu mets les pieds à l'intérieur, je suis certaine que tu en seras attristé. J'ai essayé de convaincre Séb de réparer le plus urgent, mais il dit que ce n'est pas chez nous. Il dit qu'il est prêt à financer les travaux, pour que tu n'aies pas besoin d'épuiser ton fonds en fiducie, mais il faudrait que tu t'en occupe.

Penses-tu que ce serait quelque chose d'envisageable ?

Pensées affectueuses,

Diane

JE POSE la lettre sur la table basse et je me penche en arrière, les mains derrière la tête. Cette lettre restera sans réponse, tout comme les lettres précédentes de Diane.

Elle a l'air gentille. Quel dommage qu'elle gâche sa vie en se mariant avec Séb, c'est-à-dire Son Altesse le Pompeux Comte Sébastien d'Arcy du Grand-Thouars de Saint-Maurice. Ma belle-sœur sympathique va avoir beaucoup de peine le jour où elle ouvrira enfin les yeux pour faire face à la triste réalité.

Sous un vernis de respectabilité, la famille la plus ancienne, la plus riche et la plus enviée du pays n'a aucun honneur. La manière dont mon père et Séb ont traité Maman avec l'accord tacite de Raphael est ignoble. Je ne leur pardonnerai jamais. Mes frères aînés ne sont pas dignes des richesses qu'ils possèdent.

Si seulement mon *Papa chéri* n'avait pas écrit de testament !

S'il était mort sans, sa succession aurait été divisée à égalité entre ses trois fils. Rien pour Maman, bien sûr. De toute façon, ils avaient divorcé, ce qui l'avait bien arrangé.

Mais il a couché ses dernières volontés par écrit et je ne peux pas me débarrasser légalement de ma part avant d'avoir vingt-sept ans.

Devinez quoi ? Je vais avoir vingt-sept ans dans six semaines.

Je ressens un remord. Ça n'a rien à voir avec mes plans pour le domaine. C'est plutôt que mes réponses énigmatiques ont pu faire croire à Sophie que j'ai vécu dans la pauvreté au Népal.

Quand je lui ai dit que Papa avait refusé d'aider Maman, j'ai omis de préciser que l'argent qu'elle demandait n'était pas pour subsister. Elle avait besoin d'un demi-million de dollars pour sa fondation. La dotation d'origine était épuisée, il n'y avait pas de nouveaux sponsors à l'horizon et l'œuvre de Maman était en train de disparaître.

Mais nous nous sommes très bien débrouillés avec la pension alimentaire. Plus que très bien. Comparés à la population moyenne, nous étions riches.

Alors pourquoi j'ai laissé Sophie croire le contraire ?

Je suppose que c'était la seule manière de l'empêcher de poser d'autres questions. Mais enfin, c'est ma propriétaire ! Pas mon amie, comme Uma et Zach. Elle sera partie à Noël. Je ne vois pas pourquoi je partagerais l'histoire merdique de ma vie avec elle.

Je ne vois vraiment pas pourquoi.

HUIT

SOPHIE

La première chose que je vois quand nous entrons dans Moose est un mur en pierre rustique derrière le bar, avec deux écrans plats allumés sur des matchs de hockey.

—Très nord-américain, dit Uma en souriant. Enfin, je ne suis jamais allée en Amérique du Nord, mais c'est exactement ainsi que j'imagine un bar des sports à Seattle.

— Ça fait plus Montréal que Seattle, dit Zach.

Des spots au plafond et au moins une dizaine d'écrans plats muraux éclairent le bar d'une lumière diffuse. Le plancher poli et les bois de caribou dominent le décor.

Nous nous étions tous donné rendez-vous à la statue de Danton à l'Odéon, à quelques pas d'ici. J'avais pris le métro du travail, Uma et Zach étaient arrivés dans la voiture de Zach et Noé sur son scooter.

Maintenant qu'il fait chaud, même après la tombée de la nuit, j'apprécie la fraîcheur agréable de ce bar.

Nous allons nous asseoir à l'une des deux seules tables libres qui restent.

À notre gauche, un grand groupe bruyant a une discussion animée en québécois, avec un accent à couper au couteau.

Je pointe le menton dans leur direction.

—On dirait qu'on a trouvé l'endroit où les touristes canadiens viennent se relaxer après une dure journée de visite.

—C'est bon signe, non ? dit Uma.

—Les Canadiens ne viendraient pas ici, si cet endroit n'était pas authentique.

Noé sourit.

—Ils viennent surtout ici parce qu'il n'y a pas beaucoup de bars des sports à Paris.

Zach hoche la tête.

—Et encore moins où on peut regarder le Super Bowl, la Stanley Cup et les play-offs de la NBA en direct.

—Et manger une bonne poutine, ajoute Noé.

Zach lève l'index.

—*Poutsène*, s'te-plait, si tu veux le dire à la québécoise.

—C'est quoi la *Poutsène* ? Je demande.

Noah et Zach échangent un regard appuyé.

—Vous allez le découvrir très bientôt, dit Noé.

Je pense qu'il était en train de m'avertir et j'éclate de rire à cause de son drôle d'air mystérieux.

—Mesdames, dit Zach en regardant Uma, puis moi et enfin Noé. Monsieur. Me donnez-vous la permission de commander quelque chose à manger et à boire ?

Je plisse les yeux.

—Ça dépend de ce que tu vas commander.

—Tu es allergique à quelque chose ?

Je secoue la tête.

—Relaxe, Sophie, dit Noé en me touchant la main. Personne ne va te commander une grillade d'insectes. Nous allons boire du Moosehead - une bière canadienne - et manger de la poutine.

Je soupire.

—La bière, ça va. C'est la poutine qui m'inquiète.

—Attends, dit Uma en farfouillant dans son sac et marmonnant : Il faisait toujours ça quand nous étions petits, il me demandait si je voulais manger des profiteroles ou un peu d'aligot ou une tranche de tatin et je devais dire oui ou non avant de savoir ce que c'était.

—Est-ce que je t'ai jamais fait manger un truc que tu détestais ? lui demande Noé.

—C'est pas le problème, dit-elle en sortant un smartphone. Et voilà ! C'est trop bien la technologie, non ? Finies les surprises. Nous allons découvrir ce qu'est la poutine dans un instant.

Zach fait signe à un serveur, tandis qu'Uma cherche sur son téléphone.

—Trouvé ! annonce-t-elle quelques secondes plus tard et commence à lire à voix haute.

La poutine a été inventée au Québec dans des circonstances mystérieuses et un lieu secret il y a soixante-ans. Depuis, cette recette est devenue le plat national du Canada. La poutine classique (« *la classique* ») est composée de frites avec du caillé (appelé *crottes de fromage* par les locaux) et de sauce à la viande épaisse, appelée le *velouté*. Graisseux et plein de calories, c'est le plat réconfortant ultime.

Uma remet son téléphone dans son sac-à-main et sourit.

—Ça a l'air délicieux.

Pas sûre qu'elle soit sincère.

Je scrute son visage pour conclure avec effroi qu'elle l'est.

Si j'étais une fille directe, je dirais à ces gens ce que la poutine évoque du point de vue d'une Américaine de Floride soucieuse de sa santé, c'est-à-dire : poignées d'amour, boutons et crise cardiaque.

Zach se tourne vers le serveur.

—Nous prendrons quatre Mooseheads et quatre poutines classiques.

—Génial. Je montre les dents. Exactement ce que j'aime. Je suis trop impatiente.

Je me demande si l'un d'entre eux a entendu le sarcasme dans ma voix.

Les lèvres de Noé se tordent et son regard se détourne de moi pour se poser sur les écrans TV.

Cinq minutes plus tard, le serveur amène nos chopes de bière et nos assiettes fumantes.

Je regarde fixement l'énorme portion de frites et de caillé de fromage caoutchouteux noyés dans une sauce marron.

—Ça n'a pas l'air très...appétissant.

—N'aie pas peur de dire que ça a l'air dégueulasse, dit Noé.

—C'est la beauté intérieure qui compte, dit Zach. Enfin, dans ce cas c'est le goût.

Avec la détermination d'un kamikaze qui n'a plus rien à perdre, je saisis ma fourchette et mon couteau.

—Très bien, mangeons !

Le caillé de fromage couine quand je le mâche.

—Je recommande de faire descendre avec de la bière, dit Noé, les yeux rivés sur ma bouche. Cela aidera ton palais à supporter le choc.

Uma se tourne vers moi.

—Tu n'es pas habituée à ce genre de cuisine ?

Je secoue la tête.

—À Key West, il y a plein de choix. Tu peux manger cubain ou végétarien ou français ou...tout ce que tu veux. En général, je choisis la cuisine française.

—La mère de Sophie est française, dit Noé.

—Ça y est, je comprends ! Zach me fait un grand sourire. Je me demandais pourquoi ton français était si parfait - avec presque aucun accent.

J'accepte son compliment d'un sourire poli.

—C'est quel genre d'endroit Key West ? demande Noé.

—En un mot ? Je me mords la lèvre inférieure en réfléchissant. Décontracté. Tu aimerais.

—Et encore. Ses yeux sont à nouveau sur ma bouche.

Est-ce que c'est pour ça que je n'arrête pas de me mordre la lèvre ?

Je n'ai pas l'habitude de faire ça - en fait, je ne fais *jamais* ça. Mais il y a quelque chose que j'adore dans la manière dont il fixe ma bouche. La chaleur de son regard me donne envie de l'encourager, me donne envie de plus.

Reprends-toi, Sophie.

Je hausse les épaules.

—Disons que nous avons un climat tropical, les meilleures plages et les meilleurs couchers de soleil, de temps en temps un ouragan et des tonnes de touristes sur Duval Street. Je fais un clin d'œil en ajoutant : Et de superbes maisons en bois en vente dans l'agence de mon père, si jamais quelqu'un était intéressé.

Une heure plus tard, Zach paie la note et j'en profite pour étudier son visage. Clairement, il est beau et il a été très gentil pendant tout le repas. Alors, pourquoi est-ce que j'espère que Noé proposera de me ramener ?

—Tu veux que je te conduise chez toi ? me demande Zach en se levant.

—J'habite dans le 18è, je réponds. Ça va vous faire un énorme détour pour toi et Uma et tu vas perdre une heure ou plus.

Ce serait le bon moment pour que Noé intervienne et offre de me ramener.

Mais il ne dit rien. Il observe ses chaussures.

Uma s'adresse à Zach.

—Je n'ai qu'à prendre le *métro*, pour ne pas retarder Mathilde et tu peux ramener Sophie ?

—Je te ramène, dit Noé à Uma. Ça sera plus rapide.

Merde.

Dans la voiture de Zach, il fait la conversation et je hoche la tête, alors que nous traversons les rues calmes baignées par la lumière douce des fenêtres et des réverbères. Les haut-parleurs diffusent du jazz français.

Ajoutés à la climatisation et à la voix masculine de Zach, ça devrait être un moment très agréable. Romantique, même.

Mais c'est la confusion, pas le romantisme, qui remplit mon esprit à l'instant.

Mes pensées reviennent au Moose. La nourriture était horrible, mais j'ai vraiment apprécié la compagnie. Uma est totalement adorable. Zach était amical. Noé était… Noé. Nous avons mangé, bu, plaisanté et fait comme si notre « repas entre amis » n'était pas en réalité un double rendez-vous et que nous n'étions pas vraiment deux couples en formation.

Couple numéro 1 : Uma et Noé, amis d'enfance, au bord entre l'amitié et quelque chose de plus.

Couple numéro 2 : Zach et moi, qui faisons un test pour voir si on clique.

Est-ce que nous avons cliqué ? Je crois.

En plus d'être beau, Zach est aussi un fonceur riche, qui cherche une relation. Au contraire de Noé.

En plus, il concorde exactement à l'idée de l'homme parfait de Papa.

Si je dois essayer de sortir avec quelqu'un pendant que je suis à Paris, ça devrait être avec lui. D'ailleurs, je ne parviens pas à trouver une seule raison pour laquelle nous ne devrions pas sortir ensemble.

L'image d'Uma et Noé serrés l'un contre l'autre sur son scooter me vient à l'esprit.

C'est décidé.

Si Zach me demande, je dirais oui.

NEUF

NOÉ

Je vais au Parc des Buttes-Chaumont avec une couverture, un oreiller, une tente de bivouac ultra légère et une bière froide fourrée dans mon sac lorsque mon téléphone bipe.

C'est un texte de Sophie.

Est-ce que tu dors ? Je voulais te poser une question, mais ça peut tout à fait attendre jusqu'à demain. Sophie

Je saisis une réponse rapide.

Réveillé. Dis-moi.

Ma curiosité piquée, je n'arrête pas de regarder l'écran pour lire sa réponse, dès qu'elle arrivera. Mais, plutôt que de biper, mon téléphone sonne.

—Désolée de t'appeler si tard, dit Sophie. Je pensais que tu serais déjà au lit.

Je me rends compte à quel point j'adore le son de sa voix. Féminine, veloutée, ultra sexy. Même les choses les plus banales qu'elle dit sont comme une caresse. Je pourrais l'écouter dire des choses anodines - et pas si anodines - toute la journée.

—Dix heures, c'est un peu tôt, même pour les athlètes, qui se lèvent de bonne heure, dis-je. En plus, c'est impossible de dormir avec cette chaleur.

—Ne m'en parle pas ! Elle soupire. Pourquoi est-ce que personne n'a de climatisation à Paris ?

—Parce que nous ne croyons pas au réchauffement global.

—Humm. Elle n'a pas l'air convaincue.

—Ou peut-être, parce que nous n'avons pas des canicules tous les ans et qu'elles ne durent pas longtemps, alors nous hésitons à débourser plusieurs milliers d'euros pour la clim.

—Ça me paraît plus français, dit-elle, un sourire dans la voix. Alors, qu'est-ce que on fait pour pouvoir dormir ?

—Tu me demandes ce que les français font dans leur ensemble ou moi, Noé Masson, en tant qu'individu ?

Elle marque une brève pause, avant de répondre.

—Toi, individuellement.

—Ce soir, je tente ma chance dehors. La mairie a ouvert plusieurs parcs pour la nuit, alors je vais faire du camping aux Buttes-Chaumont. J'y vais maintenant.

—Je suis tout près, dit-elle. Je montrais un appartement à des clients pas loin avec mon chef et nous avons bu quelques verres. Je suis encore dans le quartier.

—Ton chef t'amène boire des verres, dis-je d'un ton acerbe avant de pouvoir m'arrêter. Il est trop gentil.

Merde.

C'était totalement déplacé. La relation de Sophie avec son chef ne me regarde pas. C'est ma propriétaire, pas ma copine.

— En fait c'est *ma* chef et *elle* est très gentille, dit Sophie. Je n'aurais pas pu tomber sur une meilleure supérieure pour mon premier stage payé.

J'aimerais pouvoir me taper la tête contre quelque chose maintenant, quelque chose de dur. —D'accord. Ce commentaire était vraiment trop macho, même pour moi. Je m'excuse.

—Tu es excusé, dit-elle, sa voix redevenant veloutée.

Mes épaules s'affaissent de soulagement.

—Tu as dit que tu avais une question.

—Oui.

—Je t'écoute.

— Heu... Ça te dérange si je viens te voir au parc en personne pour te poser quelques questions ? Je te promets que ça ne prendra pas longtemps.

Chacune des terminaisons nerveuses de mon corps se réveille lorsqu'elle dit « te voir » et fait une petite danse sur « en personne ». Mon pouls s'élève et mon sexe s'active dans mon caleçon.

—C'est à propos de Zach, dit-elle.

Oh.

Évidemment. Maintenant qu'elle l'a rencontré - et sans aucun doute, qu'elle *l'aime* bien - elle veut en savoir plus sur lui. À quoi je m'attendais ?

—Bien sûr, dis-je en essayant d'avoir l'air content. On peut se donner rendez-vous à l'entrée principale au coin de Botzaris et Simon-Bolivar dans dix minutes ?

—Quinze.

—Parfait. À tout à l'heure.

Une demi-heure plus tard, nous sommes assis l'un à côté de l'autre - moi, les jambes croisées et Sophie se tenant les genoux - sur la couverture que j'ai étalée sous un arbre. Elle porte une robe d'été dans un imprimé fleuri et un ourlet qui laisse voir ses mollets minces et un peu de ses cuisses. Mon regard va jusqu'à ses pieds. Ils sont chaussés de sandales avec des lanières sexy qui s'entrecroisent et s'enroulent autour de ses chevilles fines. Ses ongles sont peints en rouge foncé.

Ce sont les plus beaux pieds que j'ai jamais vus.

Ma poitrine se serre d'envie.

Laisse tomber, Noé.

C'est beaucoup trop d'admiration pour une femme que j'essaie de caser avec un ami.

Éloignant avec difficulté mon regard, j'observe la scène autour de nous. Il y au moins une centaine de couples, de groupes et de personnes seules installés sur la vaste pelouse, en pleine préparation pour passer la nuit sous les étoiles.

Je sors la bière de mon sac et je l'ouvre.

—Tu en veux ? On ferait mieux de la boire pendant qu'elle est encore froide.

—Merci. Elle boit une gorgée et me rend la canette. Ça fait du bien.

En levant la canette jusqu'à ma bouche, je me

demande si j'y goûterai Sophie. Je me demande quel goût ont ses lèvres délicieuses. Quel goût a sa peau parfaite. Quel goût a son petit...

—Tu connais bien Zach, alors ? me demande-t-elle.

Tu parles d'une douche froide.

D'un autre côté, j'avais besoin de ça.

—Assez bien. Nous sommes dans la même équipe depuis presque deux ans.

—Il a l'air sympa.

—Il l'est. Je hoche la tête. Plus que sympa. Il est génial.

—Comment ça se fait qu'il élève son fils seul ?

—L'ex de Zach ne voulait pas du fardeau d'un enfant avec un problème de santé chronique.

—Oh.

—L'épilepsie de Sam est gérable, j'ajoute rapidement. Il ira à l'école l'an prochain comme les autres enfants de son âge. En grandissant, il pourra mener une vie normale, à condition de prendre ses médicaments.

Elle hoche la tête.

—Écoute, dis-je. Je comprends totalement si tu hésites à cause de ça, mais tu ne devrais pas.

—Ce n'est pas pour ça que je...

—En plus, j'ajoute avant qu'elle ne finisse. Tu peux sortir avec Zach sans avoir à t'occuper de son fils. Sam a deux nounous et un père qui l'adore pour s'occuper de lui.

Elle fronce les sourcils.

—Ce n'est pas pour ça que j'hésite. C'est juste...je ne suis pas sûre de vouloir me lancer dans une relation ou juste sortir avec quelqu'un, quand je sais que je vais rentrer chez moi en décembre.

—Et alors ? Je hausse les épaules. Pourquoi ne pas t'amuser pendant que tu es à Paris ?

—C'est… compliqué.

—Pourquoi ?

—Tu veux vraiment que je te le dise ?

Je hoche la tête.

Elle m'arrache la bière des mains, boit une bonne gorgée et me la rend.

—Je suis frigide.

Toi ? Impossible.

—Tu es sûre ? Je demande.

Elle fait oui de la tête.

—Je suis sortie avec trois hommes différents, j'ai couché avec les trois et je n'ai jamais rien ressenti.

J'étudie son visage.

—Pire, dit-elle, en fait, j'ai ressenti quelque chose : de la douleur et de la gêne.

Ma main touche sa joue avant que mon cerveau n'ait le temps de réagir.

—Je suis désolé.

Elle ne recule pas.

—Maintenant, que j'ai revu mes attentes à la baisse, dit-elle, en passant la main sur ses tibias, je trouve plein d'avantages à mon état.

Mon regard suit ses doigts, qui sont enroulés autour de ses chevilles.

—Comme quoi ?

—Pas de distractions, pas de chagrins d'amour, pas de petit-amis relous dont j'aurais honte plus tard.

—Je vois.

Tu parles que je vois !

Ce que je vois vraiment maintenant dans la lumière jaune diffuse du lampadaire proche n'a aucun rapport avec des petit-amis relous. Mon monde est concentré sur les chevilles fines de Sophie, l'arc époustouflant de ses plantes de pied et ses longs orteils sans corne.

Est-ce que je viens de développer un soudain fétichisme pour les pieds ?

—En plus, dit-elle, je peux être rationnelle à propos du choix d'un partenaire futur pour la vie et faire plaisir à mon père en trouvant un homme qui répond à ses critères.

—Qui sont ?

—Quelqu'un qui a réussi, qui est ambitieux et qui est galant. Elle me regarde bizarrement. Quelqu'un comme Zach.

Je lève les yeux vers son visage.

—Ton père est plein de bon sens.

—Clairement.

—Il veut le meilleur pour toi.

—Absolument.

—Mais... tu ne te demandes pas s'il existe un homme quelque part avec qui tu ne ressentirais pas de douleur ou de gêne ?

—Si, mais je me dis que je ne suis pas faite comme ça. Elle soupire. Ça serait idiot d'attendre qu'un prince charmant vienne me réveiller de mon sommeil.

—Tu as essayé de faire l'amour trois fois, c'est ça ? Je penche la tête sur le côté.

Elle fait un signe affirmatif.

—Ça n'est pas *beaucoup*.

Elle ne dit rien.

—Trois déceptions ne suffisent pas à conclure que tu es *faite* comme ça.

Sophie se concentre sur un minuscule insecte se déplaçant le long de sa main.

—Décris-moi comment ça s'est passé, dis-je.

—Je ne peux pas. Elle change de position. De toute façon, il faut que je rentre.

Je jette un œil à ma montre.

—Il va être minuit. Je n'aime pas l'idée que tu marches toute seule dans les rues désertes.

—C'est quoi l'alternative ?

Je devrais proposer de lui appeler un taxi.

—Reste ici.

—Dans le parc ? Elle fronce les sourcils.

Je montre mon bivouac.

—Tu seras plus en sécurité ici avec moi que dans le métro.

Elle m'observe.

Je lui renvoie son regard, en priant pour qu'elle dise oui.

Parce que si elle dit non, je vais devoir plier ma tente et prendre le métro jusqu'au 18è avec elle, puis essayer d'attraper le dernier train ou crapahuter jusqu'ici. Je ne peux pas lui dire au revoir maintenant. J'ai besoin d'un peu plus de Sophie ce soir.

S'il te plaît, dit oui.

Elle se saisit de la canette de bière et avale le reste du liquide.

—Est-ce qu'il y a des toilettes dans ce parc ?

Je croise les doigts pour que ça soit synonyme d'un oui.

—Il y a des toilettes juste là-bas. Je montre du doigt un bâtiment sur notre gauche.

Elle se lève.

—Je reviens.

À son retour quelques minutes plus tard, je suis allongé sur le dos, les genoux pliés et les mains derrière la tête.

Elle s'allonge près de moi, en adoptant la même position.

—Je m'attendais à voir plus d'étoiles.

—C'est pas trop mal pour Paris.

Nous regardons le ciel pendant quelques instants.

—La première fois, c'était avec un camarade de classe, dit-elle. Nous avions seize ans. Nous étions tellement maladroits, c'est un miracle que nous ayons réussi à perdre notre virginité.

Je me tourne pour étudier son visage. Elle grimace.

—Pas un bon souvenir, hein ?

Elle secoue la tête.

—Je n'étais *tellement* pas prête.

—Tu l'as laissé t'approcher à nouveau ?

—Oh que non. J'ai rompu immédiatement. Il a pleuré.

—Et la deuxième fois ?

—Le deuxième copain… Elle reste muette pendant un long moment. Deuxième année de fac. Je ne voulais pas me précipiter et il disait qu'il respectait ça. Alors on s'est abstenus pendant un moment. Et puis…

Elle expire en soufflant lentement.

—Et puis ?

—J'ai accepté de coucher avec lui. Je pensais que je l'aimais bien. Il était tout à fait sympa, avant de se déshabiller et qu'il commence à me toucher. Elle se tait puis dit vite, avec colère : Et soudain, il me répugnait. Son odeur, son contact, ses baisers…

Elle soupire longuement à nouveau.

Je la regarde. La mâchoire de Sophie est serrée, son nez est pincé, comme si elle revivait la situation.

—Est-ce que…, je commence à poser ma question.

—Le troisième, dit-elle avec une désinvolture exagérée, a été l'expérience la plus pathétique de toutes. Je n'avais tellement pas envie pendant les préliminaires que je suis allée m'enfermer dans la salle de bain, pendant qu'il cherchait un préservatif et je lui ai demandé de partir.

— Aïe, dis-je. J'aurais pas voulu être à la place de ce type.

Elle hausse les épaules.

—Donc, je me dis que l'importance du sexe est surestimée.

—Tu crois que tu préfères les femmes ?

—Non. Pas du tout.

—Tant mieux, dis-je.

—Pourquoi ?

—Parce que ton corps est fait pour être touché par un homme.

Elle fait un sourire en coin.

—Et revoilà le macho !

Mais elle a tort. Mon commentaire n'a rien à voir avec du machisme. Quand je parlais d'un « homme », ce n'était pas un principe général. L'homme que j'avais en tête était spécifique et concret, avec un nom de naissance auquel il avait choisi de renoncer il y a des années et un membre tendu qu'il choisissait d'ignorer maintenant.

Cet homme ici, avec Sophie.

DIX

SOPHIE

Pendant un moment, les yeux de Noé me percent, intenses. Il se décale vers moi, très légèrement et ouvre la bouche, comme s'il allait dire quelque chose.

Puis, il cligne des yeux et détourne son regard.

Quand il ramène son visage vers moi, son expression est indéchiffrable.

—Excuse-moi, dit-il. N'hésite pas à me bâillonner avant que je dise encore quelque chose de totalement inapproprié.

Je fais une grimace.

—Bâillonner, ça fait vraiment *Cinquante Nuances*. Pourquoi pas du ruban adhésif ?

—Vraiment ? Il sourcille et hausse les épaules. Si c'est ce qui te plaît...

—Tu en as amené, à tout hasard ?

Il secoue la tête.

Je soupire.

—Dans ce cas, il ne reste qu'une chose à faire.

Il me lance un regard confus.

—Dormir.

—Bonne idée. Il bondit.

—Je vais installer la tente et mettre la couverture dedans, si ça ne te dérange pas.

Je me lève aussi.

—Il ne va pas faire trop chaud à l'intérieur ?

—T'inquiète pas. Il déplie sa tente à une place, plutôt étroite. Tu vois les mailles sur les côtés ? Ça empêche les insectes d'entrer, mais l'air peut circuler.

Je bascule la tête en arrière et ferme les yeux en cherchant une brise nocturne, mais l'air est toujours aussi immobile et étouffant qu'à midi.

—Je ne suis pas sûre de vouloir de *cet* air dans la tente, dis-je.

—La température va bientôt tomber.

En ouvrant les yeux, je regarde la tente.

—Ça va être trop serré là-dedans.

—Es-tu une dormeuse agressive ?

J'esquisse un sourire.

—Je ne saute pas, je ne donne pas de coups de pied et je ne ronfle pas, si c'est ce que tu veux dire.

—Moi non plus, dit Noé en jettant un petit oreiller dans la tente. Ça va aller.

Il enlève ses tongs et pénètre à l'intérieur.

Je défaits mes sandales. C'est trop. *Trop excitant.*

Quand j'entre, Noé s'est placé le plus à gauche qu'il a pu dans la tente, pour me laisser la moitié de l'espace disponible et tout l'oreiller.

Je me tourne vers lui, en me relevant sur le coude.

—Tu peux dormir sans oreiller ?

Il jette un œil à l'oreiller, puis à moi, comme s'il évaluait les options disponibles.

—Tu as raison. J'ai besoin de quelque chose.

En s'asseyant, il enlève son t-shirt, le plie et se rallonge, en le mettant sous sa tête.

Mes lèvres s'écartent alors que j'admire le magnifique triangle de son torse.

Frigide ou pas, toute cette virilité lisse, dure, sculptée - si près de moi - m'impressionne.

Arrête de mater son torse, Sophie !

Je porte mon attention sur ses mains.

—Elles sont énormes.

Mince. Est-ce que j'ai dit ça à voix haute ?

—Tu parles de mes mains ? Il demande.

—Heu, oui.

Il lève la main droite et écarte les doigts.

—Avoir de grandes mains est avantageux pour un gardien de water-polo. Tout comme un grand corps, une envergure de bras importante, une excellente vitesse de réaction et une prise ferme.

Une prise ferme. J'avale ma salive.

—La vitesse de réaction est probablement le plus important, dit Noé. Un gardien plus petit, mais explosif atteindra les coins plus rapidement et bloquera mieux qu'un grand gardien qui est lent.

—Donc, l'idéal c'est un grand gardien explosif, c'est ça ?

—C'est ça.

Je lui fais un clin d'œil.

—Donc, c'est à ça que tu corresponds.

Il sourit, en rougissant un peu.

Aaah. Il est trop adorable. Il faut que je fasse une blague avant que mon cœur ne fonde et dégouline en une masse gluante. N'importe quelle blague débile fera l'affaire.

—Ne le prend pas mal, dis-je, mais les joueurs de water-polo ont l'air un peu bizarre.

—Bizarre ? C'est-à-dire ?

—Tu sais, avec les bonnets bien noués sous le menton. Et vos poitrines sont rasées...

—C'est pour réduire le frottement et augmenter la vitesse.

—Je sais. Mais quand même... Je lui lance un sourire narquois. Ça renforce le look.

—Quel look ?

Mon œil glissant vers ses tétons, je marmonne :

—Le look bébé.

—Quoi ?

—Ben ouais, je le pousse. Ne va pas me dire que les joueurs de water-polo ne ressemblent pas à des bébés ? Des énormes bébés musclés, pleins de testostérone.

—Sophie. Il lève un sourcil comme s'il allait me gronder. C'est très sexiste et complètement déplacé.

Je baisse la tête vers la poitrine pour montrer que je regrette mes mots. Ce qui n'est pas le cas du tout. Mais alors pas du tout.

—C'est quoi le terme pour une femme macho ? Il demande.

—Heu... Mangeuse d'hommes ?

Il secoue la tête.

—Femdom ? Je réessaie.

—Tu t'approches, mais t'es encore loin.

—Butch ?

Il soupire.

—Je vais devoir écrire une lettre à l'Académie Française pour leur demander d'inventer un mot pour les femmes comme toi.

—Te gêne pas, dis-je.

—Je vais proposer *femcho*.

Je glousse.

—C'est complètement ridicule. Ça me fait penser à un poncho pelucheux que j'ai acheté il y a quelques années, mais que je n'ai jamais osé porter.

—Hum... il se frotte le menton, ce qui attire mon regard sur les muscles saillants du haut de son bras.

—Hormis les accusations de femcho, comment vous arrivez à avoir ce physique ? Je demande.

Il sourit.

—Nous nageons au moins 2 000 mètres à chaque entraînement, nous faisons de la musculation pour la force et des étirements pour la souplesse. Euh... quoi d'autre ? Nous nous entraînons au tir et à faire du surplace dans l'eau jusqu'à ce que nos bras et nos jambes ne tiennent plus. Tu sais, les trucs habituels de bébés pleins de testostérone.

Si je regarde sa bouche ou son torse une seconde de plus, je risque de gémir. Ou de faire un autre commentaire débile. Ou de tendre la main et le toucher.

En vérité, je n'ai aucune idée de ce que je pourrais faire, parce que je n'ai jamais rien ressenti de pareil auparavant.

—D'accord, dis-je en me détournant de Noé. Tu crois

que cette lumière va s'éteindre à un moment donné ? J'ai du mal à dormir quand je ne suis pas dans l'obscurité totale.

—Je ne sais pas, dit-il. C'est la première fois que je dors dans un parc.

—Il faut que je sois au travail tôt. Ça te dérange si je mets l'alarme de mon téléphone sur sept heures et demie ?

—J'ai mis le mien sur sept heures, dit-il. Je ne veux pas être en retard pour l'entraînement du matin.

—Bonne nuit.

—Fais de beaux rêves.

J'inhale le léger parfum de l'aftershave de Noé et je ferme les yeux. La pelouse où nous campons est beaucoup plus calme qu'il y a une heure et presque toutes les personnes autour de nous sont rentrées dans leur sac de couchage sous leur tente. Je devrais pouvoir m'endormir facilement.

Quinze minutes plus tard, je me retourne vers Noé.

Il est toujours allongé sur le dos, les yeux grands ouverts.

—Le panneau en mailles sur l'autre côté laisse passer trop de lumière, dis-je pour justifier mon changement de position.

Il se met sur le côté pour me faire face, plie son bras droit sous la tête et pose sa main gauche entre nous, à quelques centimètres de mes seins.

La chaleur qui se dégage de lui et l'odeur de sa peau - une touche d'aftershave et beaucoup de Noé - m'embrouillent le cerveau. Mon esprit et mes sens s'envolent dans un endroit entièrement nouveau. J'ai l'impression d'avoir été transportée dans une jungle. C'est invitant, luxuriant et plein de surprises.

Et ça fait peur.

—Il y a une théorie en physique quantique, dis-je, me démenant pour retrouver le fil de mes pensées.

Il me jette un regard en coin.

—Ma gente dame est une geek secrète ?

—Pas du tout, je rigole. Je suis juste tombée sur un article il y a quelques années et ça m'a marqué.

—Il parlait de quoi ?

—Le mécanisme du toucher, dis-je. Selon la physique quantique, il n'est pas en fait possible de toucher quelque chose.

—Qu'est-ce que tu veux dire ?

—Tout est composé de particules minuscules, d'accord ?

Il hoche la tête.

—Les particules repoussent les autres particules du même type, dis-je. Par exemple, quand tu es assis sur une chaise, en fait tu planes au-dessus.

Des sillons se creusent sur son front.

— Alors pourquoi j'ai toujours eu mal au cul après être resté assis pendant deux heures de cours à l'école ?

—Si je me rappelle bien, dis-je avec un sourire, c'est parce que les ondes que tu génères se croisent avec les ondes de la chaise et ton cerveau se trompe et croit que tu touches la chaise.

—Donc, si je fais *ça*, il met sa main sur ma hanche, je ne touche pas vraiment. C'est ce que tu es en train de dire ?

J'avale ma salive, en essayant de continuer à sourire.

—Oui.

Il laisse ses doigts et la paume de sa main s'enfoncer doucement dans ma chair sans appuyer, ni frotter. À chaque seconde qui passe, je sens mon corps répondre à sa main. À travers la soie fine de ma robe, ma peau frissonne et la chair sous sa main commence à brûler.

Soudain, la lueur espiègle dans ses yeux laisse la place à une expression complètement différente.

Mon sourire disparaît, aussi.

Qu'est-ce qui m'arrive ?

Tout à l'heure, je me demandais si je devais sortir avec Zach et maintenant, je veux savoir dans quelle direction Noé va déplacer sa main ; vers le haut pour envelopper mon sein ou vers le bas pour caresser ma cuisse. Et comment mon corps réagirait. Et si mon désir pour lui est plus grand que ma peur.

Peut-être que l'envie que je ressens n'est pas réelle et n'a rien à voir avec le désir normal qu'une femme normale ressentirait ? Peut-être que ce n'est qu'une illusion ? Je crois peut-être que j'ai envie de lui, mais que se passera-t-il s'il me touche à un endroit plus intime ? L'illusion s'évanouira-t-elle ? Mon corps va-t-il se raidir de dégoût, comme les autres fois ?

Le plus ironique dans tout ça c'est que je serais moins angoissée si je ne ressentais rien - je saurais à quoi m'attendre.

Mais mon corps est trop bizarre ce soir et maintenant, je m'attends à beaucoup et je me mets à espérer, ça fait trop peur.

—Je ne crois pas que je suis prête, dis-je avec des papillons dans l'estomac.

Pendant très longtemps, il ne répond pas et reste la main posée sur ma taille et les yeux fixes aux miens.

—Ce n'est pas grave, dit-il enfin. On devrait essayer de dormir.

Hochant la tête de soulagement, je tourne le dos à Noé et je glisse l'oreiller au milieu, lui en proposant la moitié.

—Je doute que dormir sur un t-shirt plié soit confortable.

Il s'approche, en posant la tête sur l'oreiller. Je sens son souffle chaud sur ma nuque.

—Ça te dérange si je remets la main où elle était ? Il demande.

—Comme tu veux.

Sa main se remet sur ma taille et glisse le long de mon ventre. Est-ce que je devrais le réprimander parce qu'il prend plus que ce que je lui ai donné ? Alors que je réfléchis à cette question, il se déplace, m'enveloppe de tout son bras et m'attire plus près de lui.

C'est tellement plus que la main sur la taille autorisée que j'en perds la langue.

Juste après, il appuie son torse contre mon dos et enroule une jambe autour de ma cuisse.

—Bonne nuit Sophie, dit-il d'une voix enrouée.

Retrouvant mes esprits, je bouge enfin. Mais, au lieu de m'éloigner, je cambre le corps dans le sien, pour chercher un point de contact supplémentaire.

La voilà ! Son érection que j'avais sentie lors de notre première rencontre, quand il m'avait coincée dans sa cuisine. J'adore sa longueur et son épaisseur et la manière dont elle se niche contre mes fesses.

Choquant !

C'est totalement inexplicable et sexy.

—Bonne nuit, dis-je d'une voix éraillée, à peine reconnaissable.

Je me demande ce que dirait la théorie quantique sur ça ? Pendant des années, elle m'a permis de justifier le fait que je ne réagissais pas au toucher d'un homme. Sauf que là je réagis drôlement à celui de Noé. Soyons clairs, je ne suis peut-être pas aussi frigide que je croyais.

Comment expliquer qu'à l'âge mûr de vingt-quatre ans, et contre toute attente, la Princesse Sophie s'est soudain éveillée de son sommeil asexuel ?

J'aimerais que mon sauveur soit Zach l'Entrepreneur talentueux.

Ou, même mieux, un homme d'affaire en Floride. Mais, à la place, c'est Noé le Livreur de pizzas...*Merde !* Pourquoi est-ce que je dois être réveillée par un type qui n'a ni argent, ni ambition, et qui aime peut-être en secret sa meilleure amie d'enfance ?

Putain, y'a pas plus ironique !

ONZE

NOÉ

Je rentre chez moi avec Sophie. Nos pieds s'enfoncent dans le goudron mou à chaque pas. Je me concentre sur ça, on dirait qu'il fume. Tout comme mon cerveau.

Voilà ce que nous avons prévu : prendre une douche, avaler du pain grillé et du café et sauter sur mon scooter. Je la déposerai à son bureau et je filerai à la piscine.

Les seuls mots que nous avons prononcé depuis notre réveil ont été d'ordre *organisationnel*.

La nuit dernière, c'était...je ne sais même pas ce que c'était.

Nous avons bu une bière. Ignoré les étoiles. Discuté. Connecté.

Elle a flirté avec moi... Je crois.

J'ai eu envie d'elle, je l'ai touchée, je l'ai serrée contre moi.

Elle m'a laissé faire.

Mais elle n'était pas prête pour plus. Elle pense être frigide.

Allongés dans la tente, j'ai inhalé son parfum envoûtant et j'ai eu du mal à calmer une érection furieuse. Enfin, aux petites heures du matin, je me suis endormi, tout en étreignant Sophie contre moi.

L'alarme de mon téléphone m'a réveillé, un peu groggy et très perplexe.

J'ai encore l'esprit embrouillé. La chaleur collante qui ne s'est pas atténuée depuis des semaines, ne m'aide pas. Je suis impatient d'entrer dans la douche et de laisser le jet d'eau froide abaisser un peu la température de mon corps. Et peut-être celle de mon cerveau aussi.

Je jette un œil à Sophie, mais elle ne me regarde pas. Elle est concentrée sur un marchand de glaces avec une expression d'envie désespérée sur son adorable visage.

Je m'arrête devant et je lui touche le bras.

— Pause glace ?

Elle a l'air trop contente.

—Quel parfum pour Mademoiselle ? Le vendeur demande.

—Cheesecake à la fraise et cookie aux pépites de chocolat, s'il vous plaît. Sophie ouvre son porte-monnaie.

Je vais plus vite qu'elle et pose un billet de dix euros sur le comptoir.

Elle me fusille du regard.

Je la regarde de travers.

Elle ferme son porte-monnaie et prend le cône du vendeur.

—Tu n'en veux pas ? Elle me demande.

—Je n'aime plus le sucré depuis que j'ai perdu mes dents de lait, dis-je en prenant la monnaie.

—Tu aurais dû me laisser payer, dit-elle, alors que nous nous éloignons. Cinq euros pour deux boules, c'est l'arnaque.

—J'ai livré quatre peppéronis dans le 6è hier et le type m'a donné un pourboire de cinq euros. Je hausse les épaules. Ça va, ça vient.

—Mouais...Elle lèche le délice glacé avec enthousiasme. Trop bon, c'est exactement ce qu'il me fallait maintenant.

Observant sa langue entrer et sortir de sa bouche, j'ai du mal à ne pas ruminer sur ce qu'il *me* faudrait maintenant.

—J'espère qu'il va faire moins chaud d'ici samedi, dis-je pour éviter ces pensées dangereuses. Les Derzians reviennent avec mon chien et je voudrais pas qu'il souffre comme avant leur départ en Bretagne.

—Il a beaucoup de poils ? Elle se tourne vers moi.

—Non, pas trop, mais assez pour que ce soit plus dur de supporter la chaleur que pour les humains.

Elle me donne un sourire de compassion.

—Tes voisins sont gentils de s'occuper de ton chien.

Je hoche la tête.

—Ils sont géniaux. Faut dire qu'Oscar et leur chienne, Cannelle, s'entendent super bien, mais quand même. Les Derzians sont incroyablement gentils envers Oscar et moi depuis que j'ai emménagé dans l'appartement.

—Ils ont des enfants ?

—Un fils et une fille, adultes, qui vivent tous les deux

à l'étranger, avec leur conjoint et leurs enfants, dis-je. Le fils est en Chine et la fille aux États-Unis.

—Tu sais où ?

—Los Angeles.

—Tes voisins ne veulent pas aller vivre plus près d'au moins un de leurs enfants et petits-enfants ? Elle demande. Ou ils sont tellement parisiens, qu'il faudrait une épidémie de peste bubonique pour qu'ils aillent s'installer ailleurs ?

Je rigole.

—À vrai dire, ils *sont* super parisiens, même s'ils ne sont pas nés ici. Ce sont des Arméniens du Liban.

—Oh ?

Je hoche la tête alors que nous nous arrêtons à un feu.

—Ils ont visité Paris en tant que touristes dans les années soixante-dix et ils sont tombés amoureux de la ville. Quand la guerre a éclaté au Liban, ils ont fui et Paris était la destination évidente.

—Ça a dû être difficile de repartir de zéro dans un pays étranger.

—Apparemment, c'était plus facile qu'ils ne s'y attendaient, dis-je alors que nous tournons dans ma rue. Ils se sont fait des amis, ont trouvé du travail et se sont sentis chez eux dans le mois qui a suivi leur arrivée. Madame Derzian est convaincue que l'amour qu'ils éprouvent pour la ville est mutuel.

Sophie sourit.

—Alors elle pense que Paris est tombée amoureuse d'eux, hein ? Comme ça, le coup de foudre ?

—Ouais, dis-je. Mais pas les services d'immigration.

Elle lève un sourcil.

—Quand les Derzians ont fait une demande de permis de séjour, un agent d'immigration leur a dit : vous devez comprendre que nous ne pouvons pas autoriser tous ceux qui aiment Paris à rester ici. Sinon, on devrait faire de la place pour au moins un milliard de personnes. Vous devriez repartir chez vous.

—Qu'ont fait les Derzians ? demande Sophie.

—Pendant un instant, ils ont *oublié* qu'ils parlaient français couramment, comme de nombreux Libanais.

—Et ?

—Monsieur Derzian a ouvert les bras et a dit : « Pardon. Non parler français. Parler Arménien. » Je lève les mains, les paumes vers le haut, en imitant le geste et l'accent de Monsieur Derzian. L'agent ne parlait pas arménien, alors ça a donné une excuse aux Derzians d'ignorer son instruction et de rester.

Elle rit.

—C'est pratique ! Alors tes merveilleux voisins sont des étrangers clandestins ?

—Non, dis-je, ils ont fait une nouvelle demande quelques années plus tard et ont obtenu un titre de séjour.

Nous entrons dans mon bâtiment et montons rapidement les escaliers jusqu'à mon appartement. Qui est, en fait, celui de Sophie. Encore un truc bizarre qu'elle a amené dans ma vie.

Je lui donne une serviette propre et une nouvelle brosse à dents. Pendant qu'elle se douche, je fais du café.

Elle sort de la salle-de-bain, moins de dix minutes plus tard ; le parfum de mon gel douche la suit.

—À ton tour.

Quand je reviens à la cuisine, lavé et dans des vêtements propres, Sophie a fait griller deux tranches de pain.

Je nous verse du café.

Elle prend sa tasse de mes mains et montre mon toast.

—Je ne savais pas avec quoi tu le manges.

—Du beurre, dis-je en ouvrant le frigo. Et toi ?

—Du beurre de cacahuètes et de la confiture.

Je fais la grimace.

—C'est vrai ?

—Je sais, dit-elle, c'est un affront au bon goût, enfin au goût français. Mais c'est plus fort que moi.

—Désolé, mais je n'ai pas ces ingrédients chez moi.

—Pas grave, dit-elle, je vais réveiller ma moitié française et manger mon toast avec du beurre comme tout le monde. Nous devons y aller dans quelques minutes de toute façon.

Je jette un œil à ma montre et hoche la tête.

—Pour la nuit dernière, commence Sophie, alors que je bois mon café.

Je pose la tasse sur la table et les yeux sur elle.

—Je me sens coupable. Elle baisse la tête. Je t'ai un peu allumé et je t'ai laissé en plan.

—Je suis pas—

—Je veux juste que tu saches que ce n'était pas un jeu pour moi. Elle me jette un œil et baisse à nouveau la tête. J'ai aimé que tu me touches. C'est juste que...je ne sais pas si je peux supporter d'être à nouveau déçue, si c'est pour me rendre compte que finalement, je suis vraiment et complètement frigide.

—Sophie Bander, dis-je d'une voix de professeur qui sait tout. Tu *n'es pas* frigide.

—Comment peux-tu en être sûr ?

—Parce que tu as envie de moi.

Elle lève à nouveau son regard vers moi.

Je ne détourne pas le mien.

Elle ne doit pas se douter que je bluffe.

Mes deux affirmations : qu'elle n'est pas frigide et qu'elle a envie de moi, sont basées sur mon instinct et pas sur des certitudes. Surtout la dernière. Si ça se trouve, c'est avec Zach qu'elle a plutôt envie de coucher. Il l'amènera sûrement dîner un de ces jours, la charmera, sortira avec elle, la chouchoutera et se mariera avec elle tant que le fer est chaud.

—Tu sais quoi ? dit-elle finalement, son regard fixé au mien. Je crois que tu as raison. On dirait que j'ai envie de toi.

Je laisse échapper un souffle.

Elle hoche la tête de côté.

—Alors, qu'est-ce que tu vas faire, Noé Masson ?

DOUZE

SOPHIE

Je sors du métro et je prends la direction du Parc de la Villette où je dois enfin rencontrer Oscar, le chien de Noé.

Nous allons nous promener autour du parc, où les chiens sont autorisés, puis nous irons chez Noé pour manger quelque chose et boire un peu de rosé frais.

Je n'ai pas pris mon sac à dos, car je n'ai aucune intention d'y passer la nuit, même si c'est vendredi. Véronique m'a demandé de faire la visite d'un appartement demain matin à dix heures, toute seule. C'est parfaitement ridicule, mais j'en suis extrêmement fière...mais aussi angoissée. J'ai passé les deux dernières soirées à réviser mes notes sur l'appartement et le quartier et à relire les rapports d'étude. Quand je rentrerai chez moi ce soir, je relirai tout, puis une dernière fois demain matin, avant de rencontrer les clients.

Il y a une deuxième raison pour laquelle je vois Noé

ce soir, et ça me rend encore plus nerveuse que le baptême du feu immobilier de demain.

On va faire l'amour.

C'est toujours si facile dans les films, mais dans mon expérience personnelle, ça a toujours été le contraire. Rien que d'y penser rend mes mains moites.

Je vais penser à Oscar à la place.

Même si je préfère les chats et je ne sais pas du tout quoi faire avec un chien, rencontrer Oscar ne me stresse pas du tout. Sûrement parce que Noé m'a dit que son chien est un peu félin.

Hier après-midi, juste après avoir fini une conversation avec Noé, Zach m'a envoyé un texto me disant qu'il avait apprécié de me rencontrer au Moose et qu'on devrait se revoir bientôt.

J'avais répondu :

Oui, en tant qu'amis.

Il avait dit :

Bien sûr, pas de soucis.

Le soir, je suis allée chez Maman et je lui tout raconté sur Zach et Noé, en m'attendant à des remontrances sur mon manque de bon sens. À la place, elle m'a déclaré que Noé avait l'air d'être le genre de garçon qu'il me fallait.

Maman a des idées excentriques.

Elle ne voit pas le monde comme Papa et moi.

Pour tout observateur rationnel, *Zach* est le type de garçon dont j'ai besoin. Le type d'homme *parfait* pour moi.

Quel dommage que je ne veuille pas ce qui est parfait ! Pas à l'heure actuelle, en tout cas.

Je vois mon *mauvais* type d'homme et son mauvais

type d'animal de loin. Ils sont complètement absorbés par leur jeu. Noé lance une branche. Son ami à quatre pattes court la chercher à toute vitesse et la ramène. Mais au lieu de la rendre à son maître, il la garde entre ses mâchoires serrées, bondit autour de Noé et remue la queue.

Noé ramasse une autre branche et la lance. Oscar lâche celle dans sa bouche et détale pour attraper la deuxième branche. Quand il revient avec, Noé le caresse et lance la première branche.

—Faire ça me rendrait dingue, dis-je après que Noé et moi nous soyons salués.

—Ça ne me dérange pas, dit Noé. Oscar adore ce jeu.

Je montre la branche dans la bouche d'Oscar. Il n'est pas censé te la donner ?

—Je suis sûr qu'il y pense, dit Noé en haussant les épaules. Mais il préfère la garder.

—C'est pas très...chien comme attitude.

—Je te l'ai dit, il est à moitié chat.

—C'est vrai, tu me l'as dit.

—Ce n'est pas seulement qu'il n'arrive pas à me donner la branche, il y a d'autres symptômes.

Noé se baisse et commence à tirer la branche avec son chien, il parle à nouveau.

—Oscar fait cinq ou six siestes dans la journée et la première commence quelques minutes après son réveil le matin.

—Pourquoi il se donne la peine de se réveiller ?

—Pour pouvoir se réinstaller sur mon lit.

—D'accord.

—Mais je peux fermer la porte de la chambre, la nuit,

il ajoute rapidement. Oscar fera sa première sieste du matin dans son propre lit.

Je touche le bracelet de ma montre.

—Tu peux le faire ronronner ?

Noah hoche la tête.

—Oscar, assis !

Oscar le regarde, puis me regarde et se tourne à nouveau vers Noé. Après que Noé ait répété l'ordre trois fois de plus, Oscar soupire et s'assoit. Noé s'accroupit à côté de lui et frotte sa gorge. Le chien émet un son guttural et doux inattendu pour un chien. Noé lui gratte le derrière des oreilles et Oscar se met à ronronner plus fort.

—Satisfaite ? me demande Noé.

—Impressionnée.

À son appartement, Oscar se précipite sur son bol et boit goulûment.

Noé enlève ses tongs.

—Tu peux garder les tiennes si tu veux.

—Pas de problèmes, je glisse mes pieds hors de mes sandales. Le sol a l'air assez propre.

—Il *est* propre, dit-il en se dirigeant vers la cuisine.

Je le suis.

Noé ouvre le rosé et me verse un verre.

—À quelle heure tu manges normalement le soir ?

—Vers neuf heures. En général, une salade ou un bol de soupe.

—J'ai préparé une salade César avec du blanc de poulet et des feuilles vertes, il déclare avec une pointe de fierté et il jette un œil à l'horloge murale.

—Tu auras assez faim dans une heure ?

—Je crois bien.

Un ronflement sonore vient du salon et je regarde Noé d'un air perplexe.

—La dernière sieste d'Oscar avant d'aller se coucher, il explique.

—Il…Il *ronfle ?*

—Ben, oui.

—Les chats ne ronflent pas, je lève un sourcil. Ni les chiens, à ma connaissance.

—Il est aussi un peu humain, dit Noé, en bondissant autour de la table pour se planter à côté de moi.

Les yeux de Noé se posent sur mes lèvres et mon cœur commence à battre plus fort.

Je montre le rosé du doigt.

—Je croyais que tu étais un passionné de bière.

—Nan. Je suis plutôt vin. Je ne bois de la bière qu'en été pour empêcher mon corps de surchauffer.

—Un amateur de vin, alors ? Je hoche la tête de côté, le regardant de haut en bas.

Il me fait un sourire narquois.

—Je ne correspond pas à l'image d'un connaisseur en vin, c'est ça ?

Je souris en guise d'excuse.

Il hausse les épaules.

—Les apparences peuvent être trompeuses.

—Tout comme les mots, je fais jaillir le menton de défi. Que peux-tu me dire sur ce vin, vu que tu es un *connaisseur ?*

Saisissant la bouteille, il dit :

—Côtes de Provence Sainte Victoire, millésime 2015. Un excellent rosé de Provence. Sec avec une touche de fruits des bois. Il va parfaitement avec le poulet, alors fais attention d'en laisser pour le repas.

Je lève mon verre et je renifle.

—Quoi d'autre ?

—Ce vin vient du vignoble de la famille Négrel en Provence, dit Noé. Ils font du vin depuis 200 ans.

Mes sourcils s'élèvent. Peut-être qu'il bluffe et qu'il invente ces trucs au pif ? Improbable. Et même dans ce cas, il mérite des points de créativité.

—Santé, dis-je.

—Santé, il touche mon verre avec le sien.

Nous nous fixons du regard en buvant.

Les yeux bleus de Noé ont une intensité si explicite, que je ne peux pas m'empêcher de réagir. En y réfléchissant, cet homme a accompli un véritable exploit. Son désir est contagieux. Il m'excite. Je sais que j'aimerais qu'il me touche et je suis quasiment certaine que j'aimerais ses baisers.

C'est ce qu'il va faire après qui me rend nerveuse.

La sonnette de la porte retentit.

Oscar court jusqu'à l'entrée. Il s'assoit devant la porte, en remuant la queue. Il regarde Noé et son bonheur est clairement visible dans ses yeux noirs, comme s'il savait qui se trouvait de l'autre côté et qu'il est heureux de voir cette personne.

Noé ouvre la porte à une femme coquette aux cheveux gris.

Oscar se met à danser autour d'elle, jusqu'à ce qu'elle le caresse et le laisse lui faire quelques coups de langue généreux. Puis, elle se redresse et me remarque.

—Oh mince ! Elle se tourne vers Noé. Je m'excuse. Je ne savais pas que tu avais de la compagnie ce soir.

—Ce n'est pas grave, Juliette, dit Noé. Je te présente mon amie, Sophie.

Juliette m'attrape par les épaules et me fait la bise.

—Ravie de te rencontrer, ma chérie.

—C'est moi qui suis ravie, dis-je, ne sachant pas comment réagir devant cette femme exubérante ou quoi penser d'elle.

—Hamlet et moi venons juste de réaliser que nous avons laissé le chargeur du téléphone à la maison d'été, dit-elle à Noé. Est-ce que je pourrais t'emprunter le tien jusqu'à ce que j'aille en acheter un chez Darty demain ?

—Bien sûr, dit Noé, en se dirigeant dans le couloir.

Dans la chambre, je suppose. Que je vais sûrement découvrir plus tard ce soir. Je laisse échapper un bref soupir.

—Hamlet, c'est mon mari, dépend trop de son téléphone, m'explique Juliette. Les e-mails, Facebook, le Solitaire... Mais moi ? Je me rappelle juste que j'ai un téléphone quand quelqu'un m'appelle. Et toi, tu es accroc à ton téléphone aussi ?

—Je suis entre vous et votre mari, dis-je avec un sourire.

Elle sourit aussi.

—Tu es encore plus jolie que Noé a dit.

—Il vous a parlé de moi ?

—Juste qu'il passe du temps avec une adorable jeune fille américaine.

—Je vois.

Noé revient avec un chargeur et le donne à Juliette.

—Devine quoi, elle lui dit. Je fais tes *boreks* préférés, du taboulé et du dolma dimanche prochain.

Les yeux de Noé s'écarquillent.

—Les trois à la fois ?

Elle hoche la tête avec satisfaction.

—Pourquoi vous ne venez pas manger tous les deux ?

—Il faut absolument que tu goûtes le dolma de Juliette, me dit Noé avant que je puisse inventer une excuse polie. C'est trop bon. Et ses *boreks* sont une vraie tuerie.

—C'est quoi un borek ? Je demande.

Juliette me regarde avec compassion, soupire et secoue la tête comme pour dire qu'elle est vraiment désolée que je mène une vie sans *borek*. Mais elle ne donne pas de définition.

Noé non plus.

—J'ai déjà pris un enga... je commence.

—Alors, c'est d'accord. Juliette me tapote la joue. Je te verrai pour le dîner dimanche prochain, ma chérie.

Elle fait au revoir de la main à Noé et traverse le seuil vers son appartement.

J'attends que Noé ait fermé la porte derrière elle pour croiser les bras sur la poitrine.

—Apparemment, je viens juste de dire oui à une soirée avec des inconnus, même si j'étais en train de dire non !

Il me lance un regard qui veut dire « s'il te plaît ne me déteste pas ».

—Tu n'as pas besoin d'y aller si ça ne te dit vraiment rien, mais je t'assure, tu rateras le meilleur dolma de ce côté de la Seine.

Je soupire et décroise les bras.

—D'accord, d'accord.

—Cool, dit-il avec un large sourire.

—Je suppose que je viens de rencontrer Madame Derzian, c'est ça ?

—Exact.

—Et elle s'appelle Juliette.

Il hoche la tête.

Je plisse les yeux.

—Et son mari s'appelle Hamlet.

Il hoche à nouveau la tête.

—Ils sont *bien assortis.* Je me mords la lèvre inférieure pour m'empêcher de sourire.

—Ne ris pas, dit Noé.

—Désolée.

—Je veux dire, ne ris pas *encore*, pas avant que je te dise comment ils ont appelé leurs enfants.

—C'est-à-dire.

—Leur fils s'appelle Roméo et leur fille Ophélia.

C'est trop drôle pour être vrai.

—Tu me fais marcher.

—Je te jure que non, dit-il, en s'approchant. C'est leur sens de l'humour arménien. Tu as déjà entendu parler de Radio Erevan ?

Je secoue la tête.

—Ils sont connus pour leurs blagues politiques, dit-il. Mon père était très fan.

Y-a-t-il une touche de nostalgie dans la voix de Noé à l'idée de son père « foncièrement méchant » ? Il y a quelque chose qui cloche...

—Par exemple ? Je demande.

Son front se plisse.

—Il n'y en a qu'une qui me vient à l'esprit, mais elle n'est pas politique.

—Pas grave.

—Quelqu'un a demandé à Radio Erevan : « *Qu'est-ce qu'un échange d'opinions ?* »

Noé pause pour faire son petit effet avant de continuer.

—Radio Erevan a répondu : « *C'est quand tu entres dans le bureau de ton patron avec ton opinion et que tu ressors avec la sienne.* »

Je me marre, en le suivant dans la cuisine.

Noé pose son verre sur la table.

—À propos des Derzians, évidemment Juliette et Hamlet ne sont pas tombés amoureux pour former un couple Shakespearien. C'était une coïncidence.

—C'est bon à savoir, dis-je, en me demandant ce qu'il va faire ensuite.

—C'est juste que ces deux noms étaient populaires parmi les Arméniens libanais à l'époque. Mais ils ont fait exprès pour les noms de leurs enfants.

—Pourquoi ? Je demande.

—C'était l'idée de Juliette. Apparemment, Hamlet n'avait pas trop envie, mais elle n'a pas pu résister à la tentation.

Je secoue la tête.

—Les femmes, hein ?

—Exactement ! Il me prend le visage dans ses deux grandes mains et fixe ma bouche du regard, comme s'il voulait la dévorer.

Je suppose que c'est vraiment ce qu'il veut, vu la faim dans ses yeux assombris.

—Parfois, je me demande, dit-il, son regard toujours sur mes lèvres, si les femmes aiment dévisager un homme sur le point de perdre la tête de désir.

Sa voix est enrouée et incroyablement sexy.

Ces mains sur mes joues, cette voix, ce regard...

—Ne te demande plus, je murmure. Elles aiment ça.

Sans avertissement, sa bouche est sur la mienne. Il m'embrasse doucement et mes paupières se ferment. En me caressant le visage, il effleure mon menton, le bord de mon visage et ma gorge avec ses lèvres, avant de revenir à ma bouche.

Je retourne son baiser. Ses lèvres sont chaudes et un peu mouillées à cause du vin.

Alors que ses deux mains me tiennent encore le visage, Noé lèche ma lèvre inférieure. Il s'attarde sur le coin droit de ma bouche, l'embrasse, et passe au coin gauche.

Je force mes paupières à s'ouvrir pour pouvoir regarder son visage pendant qu'il m'embrasse comme ça. Ce que je vois est super sexy. Ses yeux sont troublés par le désir, son beau visage reflète son envie.

Je ne sais pas ce que pensent les femmes en général, mais je l'avoue, Sophie Bander, la frigide, aime dévisager un homme sur le point de perdre la tête de désir.

Si cet homme est Noé Masson.

—Sophie, dit-il d'une voix âpre contre ma bouche.

Un frisson me parcourt la colonne vertébrale.

Il glisse le bout de la langue entre mes lèvres, me persuadant de les ouvrir.

Ce que je fais, avec plaisir.

Et tout d'un coup, nous sommes tous les deux perdus dans un baiser brûlant, la bouche grande ouverte. Je me sens étourdie, alors que sa langue bute contre mon palais et caresse l'intérieur de mes dents. Lorsqu'il touche ma langue, je caresse la sienne, enivrée par son goût délicieux imprégnée de vin. Je m'entends gémir doucement.

Ce moment est tellement doux que je pourrais en pleurer.

Pourquoi personne ne m'a dit qu'on pouvait ressentir ça en embrassant quelqu'un ?

Même avec nos bouches unies, il reste quelques centimètres entre nos corps. Noé glisse une main sur le côté de mon cou. Pendant quelques instants, il la laisse là - chaude et les doigts écartés - sur mes omoplates. Puis, en appliquant un tout petit peu de pression, il me fait avancer plus près, jusqu'à ce que mes tétons touchent sa poitrine.

À travers deux couches de tissu fin, le contact provoque une décharge en moi et m'électrise. Mes tétons sont engorgés et durs comme la pierre. Je n'avais aucune idée qu'ils pouvaient se transformer ainsi.

Le baiser de Noé devient plus avide, plus rude. Saisissant ma nuque, il m'approche le plus près possible sans m'écraser contre sa poitrine.

Je fouille sa chevelure souple de la main et je savoure la sensation d'être tenue comme ça, embrassée comme ça, désirée comme ça par un homme auquel je n'ai pas arrêté de penser depuis que je l'ai rencontré.

Quand il se détache, je suis ses lèvres, j'en veux plus.

—Sophie, dit-il, en faisant un pas en arrière. Attends, il faut que je te demande quelque chose en premier.

Au prix d'un énorme effort, je me stabilise et je me concentre sur ses yeux.

Il prend une grande inspiration.

—Tu es certaine que c'est moi que tu veux ?

TREIZE

NOÉ

Elle cligne des yeux.

—Quoi ?

—Je ne veux pas... Je cherche le bon mot, puis je dis : Je ne veux pas te faire dérailler.

Elle me regarde fixement, n'ayant toujours pas compris.

Ne tourne pas autour du pot, Noé. Pose-lui la question que tu aurais déjà due lui poser, avant de l'amener ici, avant de la prendre dans tes bras dans la tente.

Même si ça veut dire que je vais me tirer une balle dans le pied.

Je renverse la tête en arrière brièvement, puis j'abaisse mon regard dans ses yeux.

—Quid de Zach ?

—Ah, elle expire, en comprenant de quoi il s'agit.

—Est-ce que ce n'est pas *lui* que tu veux vraiment ?

—Oui, dit-elle. Je veux dire pas *ton* Zach, mais

quelqu'un comme lui dans quelques années, quand je serais de retour à Key West et prête à fonder un foyer.

J'exhale lentement.

Elle sourit.

—Mais maintenant, ici à Paris, pour mon séjour stage-vacances, c'est *toi* que je veux.

Mes épaules tombent de soulagement.

Garder Sophie pour moi, alors que je les ai fait se rencontrer pour qu'ils sortent ensemble, me met mal à l'aise. Mais, au moins, je sais à quoi m'en tenir maintenant. Sophie ne m'embrasse pas parce qu'elle ne peut pas décider entre moi et Zach ou parce que Zach a pris trop de temps pour sortir avec elle.

Elle m'embrasse parce qu'elle m'a choisi.

Même si c'est juste pour la durée de ses vacances parisiennes. D'ailleurs, ça me va bien. C'est plus que bien, c'est parfait. Après tout, moi aussi, j'ai pensé à une autre femme pour quand je serais prêt à fonder un foyer.

J'observe Sophie, m'émerveillant du cadeau que l'univers a jugé avisé de mettre entre mes mains.

Elle rit doucement.

—On dirait que tu viens de gagner une médaille d'or.

—C'est vraiment l'impression que j'ai, j'admets.

Faisant un pas vers elle, je l'avance contre le mur, je me penche et je mets les mains de chaque côté de son visage.

Son sourire s'efface pour céder la place à un mélange d'émotions fortes qui dansent dans ses yeux expressifs. Il y a du désir et de l'excitation, j'en suis sûr, mais il y aussi de l'angoisse. Ça ne me surprend pas, vu son expérience d'hommes maladroits.

Je vais y aller délicatement.

—Bébé, dis-je en l'embrassant doucement sur le front. Si je commence à faire quelque chose que tu n'aimes pas ou si tu n'es pas prête, tu me le dis. D'accord ?

Elle hoche la tête et son expression se détend.

—Vas-y doucement, s'il te plaît ?

—Je te le promets.

Elle place ses mains sur ma poitrine, la caressant. Ses jolis doigts suivent mes clavicules, ma gorge, glissent le long de mes épaules, puis reviennent à ma poitrine.

—Tu es parfait, dit-elle. Mieux que mon fantasme secret.

—C'est quoi ton fantasme ?

Elle penche la tête.

—Tu ne sais pas ce que veut dire le mot *secret* ?

—Pitié ! Je la supplie. Maintenant que tu m'as révélé que tu avais un fantasme secret, tu *dois* me dire ce que c'est, ou alors je vais mourir de frustration.

Elle hésite un instant, puis hausse les épaules.

—Au point où j'en suis. Mon fantasme secret a toujours été un joueur de football américain aux yeux bleus.

Un sourire joyeux, que je n'arrive pas du tout à contenir, s'étale sur mon visage.

Son regard se concentre sur mes pectoraux.

—Mais un gardien de water-polo français fera tout à fait l'affaire.

—J'en suis ravi, dis-je, en prenant son menton entre le pouce et l'index.

Et puis, je l'embrasse fort, comme je meurs d'envie de le faire depuis plusieurs semaines.

Elle me laisse faire. Encore mieux, elle réagit, en passant la main dans mes cheveux. Son souffle divin - chocolat, vin et Sophie - me rend fou de désir. Alors que j'explore l'intérieur tendre de sa bouche, un sentiment d'urgence m'envahit. Je n'ai pas oublié ma promesse d'y aller doucement et je suis totalement prêt à m'arrêter, dès qu'elle me dit que c'est trop ou trop tôt. Mais en attendant, je vais aller le plus loin possible avec ma douce Sophie.

J'arrête de l'embrasser.

Elle titube, haletante, les yeux troublés par le désir.

—Ma chambre, dis-je. Sauf si tu veux que je te prenne contre ce mur.

Dis oui.

L'image de Sophie empalée sur ma queue, contre le mur, fait trembler mes mains. Je la vois dans cette position - les jambes enlaçant ma taille, ses seins nus et tressautant, alors que je la pilonne avec tout ce que j'ai.

Merde.

J'étais pas censé y aller doucement ? Tu parles d'un self-control... Le désir dans mes entrailles brûle toutes mes bonnes intentions. Cette femme m'envoûte.

Le moment où ces mots se forment dans mon esprit, la honte me frappe en plein plexus solaire, me faisant suffoquer.

Qu'est-ce qui te prend, mec ?

Blâmer les charmes d'une femme parce que tu n'arrives pas à te restreindre, c'est...nul, c'est le moins qu'on puisse dire. C'est ce que les mauvais amants font. C'est ce que les violeurs font.

Dis non, Sophie.

Elle cligne les yeux et avale sa salive.

—Ta chambre.

Merci !

Je la prends par la main, la conduis à travers le salon pour entrer dans la chambre.

Elle est baignée par la lumière dorée du soleil couchant.

Je me tourne vers Sophie.

—Trop de lumière ?

Elle hoche la tête.

Je vais à la fenêtre et je tire les rideaux, pour laisser un espace étroit. Quand je reviens à elle, elle a déjà enlevé son short et elle saisit le bord de son t-shirt. Je regarde, hypnotisé. Elle le soulève au-dessus de son ventre, de ses seins et de sa tête.

Sous le charme, je suis chacun de ses mouvements.

Sophie baisse les bras et laisse tomber son t-shirt au sol.

Je laisse échapper un souffle court, subjugué par ce qu'elle me dévoile.

Enveloppés dans un léger soutien-gorge à fleurs, avec un minuscule nœud au milieu, ses seins généreux et effrontés sont le meilleur cadeau que j'ai jamais reçu. Ils sont tout simplement parfaits - l'essence même de la féminité. Ses tétons saillants jaillissent sous le tissu au centre de chaque sein.

En fait, je m'étais déjà aperçu que ses seins étaient exceptionnels - les légers vêtements d'été sont révélateurs - mais les voir comme ça m'empêche de respirer.

J'arrache mon t-shirt et je fais un pas vers elle.

Elle saisit ma ceinture et la tire. Mon souffle

s’accélère, alors qu’elle défait la boucle et descend la fermeture éclair de mon jean. Lentement, elle fait descendre mon pantalon le long de mes hanches et de mes cuisses. Quand il tombe par terre, je m’écarte.

Elle fixe mon caleçon tendu.

Si seulement je pouvais savoir si c’est l’anticipation ou l’angoisse qui soulève sa poitrine !

Elle défait son soutien-gorge, en libérant ses nichons magnifiques. J’enveloppe le premier et grogne presque de plaisir. Son sein est ferme, doux et lisse et il tient parfaitement dans ma paume, comme si c’était sa place. Et ça l’est.

Je couvre son sein droit avec mon autre main et je la tiens comme ça pendant un moment.

Elle sourit.

—Des grandes mains et une bonne poigne sont particulièrement utiles, hein ?

—Je suis content que tu sois d’accord, je marmonne, en commençant à peloter le trésor dans mes mains et à embrasser chaque millimètre de son visage.

Dix bonnes minutes plus tard, je glisse mes pouces dans l’élastique de sa culotte et je la fais descendre le long de ses hanches, puis de ses cuisses.

Ma main se faufile entre ses jambes avant qu’elle n’ait finit d’enlever sa culotte de sa cheville. Je ne peux pas attendre. La reculant vers le lit, j’arrache mon caleçon et je grimpe au-dessus d’elle.

Sous moi, il y a la femme la plus désirable et la plus belle que j’ai jamais vue.

Quoi qu’elle croie, elle est faite pour le sexe. *Avec moi.*

Appuyant la paume de ma main contre son pubis, je

frotte et je glisse un doigt à l'intérieur. Elle est mouillée. Pas trempée, mais mouillée sans aucun doute. Je sors mon doigt et je me place à son entrée.

—Je n'ai pas de protection, dit-elle.

—Ne t'inquiètes pas, j'en ai tout un pa..., je commence, mon regard vissé sur la toison entre ses jambes, avant de réaliser qu'elle est en train d'hyperventiler.

Je lève les yeux.

Elle déglutit avec difficulté, clairement paniquée, ses yeux regardant furtivement vers la porte.

Merde.

—Mince, dis-je. Moi, non plus.

Le soulagement dans ses yeux me serre la poitrine.

Je me relève et m'allonge sur le côté.

—Ce deuxième type, dont tu m'as parlé...Est-ce qu'il t'a violée ?

—Non, dit-elle. Peut-être. Je ne sais pas. J'ai *accepté* de coucher avec lui. Je m'étais dit que ça allait être obligatoirement mieux que la première fois. Mais une fois nus et qu'il a commencé à me tripoter et à m'embrasser...soudain, je ne voulais plus.

Elle étudie mon visage comme si elle suppose que je ne vais pas comprendre.

—Tu lui as dit que tu voulais arrêter ? Je demande.

—Oui, mais il n'écoutait pas. Après, il m'a dit qu'on était allés trop loin et que je ne pouvais pas sérieusement m'attendre à ce qu'il puisse s'arrêter à ce stade.

—Tu l'as cru ?

—Oui. Elle fronce les sourcils. Je ne sais pas comment les hommes fonctionnent.

—À part les psychopathes, on fonctionne comme des humains, dis-je. Pas comme des bêtes sauvages. Si nous *voulons* nous arrêter quand une femme dit non, nous *pouvons* nous arrêter.

Je me détourne pour attraper mon caleçon par terre.

Elle me tire le bras.

—Attends. Je n'ai pas dit non à...tout.

Je penche la tête de côté.

—Tu pourrais être plus spécifique.

Elle détourne le regard, en rougissant.

Si j'étais un vrai gentleman, noble dans mon cœur et pas seulement sur le papier, j'arrêterais de la faire marcher à ce moment. Je lui suggérerais des choses et elle pourrait répondre par oui ou non. Mais j'ai trop envie de l'entendre dire des trucs cochons.

—Allez, Sophie, je l'encourage. Tu peux y arriver.

Elle grimace.

—Il faut vraiment que je sois explicite ?

—J'en ai bien peur.

—Sexe oral, marmonne-t-elle.

Je mets la main à l'oreille.

—Excuse-moi ? Tu as dit quelque chose ?

Elle se mord la lèvre inférieure, l'air vraiment gênée.

C'est pas croyable comment j'adore la taquiner.

—Du sexe oral, elle répète plus fort. J'aimerais du sexe oral, s'il te plaît. Si ça ne te dérange pas.

J'ai du mal à garder mon sérieux.

—Voudrais-tu me tailler une pipe ou préfères-tu que je te fasse un cunni ?

—Toi, elle murmure.

J'écarte ses jambes et je m'assois entre.

Soudain, je n'ai plus envie de plaisanter.

Je me baisse et je frotte ma tête contre l'intérieur de ses cuisses. Ensuite, j'embrasse ses plis à bouche ouverte, en l'écartant avec mes doigts. Je la lèche fort et longtemps et je plonge ma langue dans sa chatte. Elle a le goût du sexe dans sa forme la plus pure. Sucré, épicé, addictif.

Je la sonde, en poussant un peu plus profondément avec chaque coup de ma langue. Elle commence à gémir. C'est tout l'encouragement dont j'ai besoin pour ajouter un doigt et la lécher en même temps. Les gémissements de Sophie deviennent plus forts et maintenant, elle se tord sur le lit et s'agrippe à mes cheveux.

Ma bite me fait mal.

La tentation de remonter sur elle, pour pouvoir me frotter contre elle ou - encore mieux -pour qu'elle puisse la caresser, est si forte que je cède presque. Mais, finalement, je ne bouge pas. Cette nuit n'est pas pour moi, c'est la nuit de Sophie.

Rien qu'elle.

Lorsque je lève les yeux sur son visage, les yeux de Sophie sont fermés, sa bouche est entrouverte et ses joues sont légèrement rouges. Sentant ses vagues de plaisir, je la doigte plus fort, tout en la léchant et en mordillant sa chair plus avidement.

Elle se tend et se contracte autour de moi.

Avec un grognement venant d'un endroit profond dans ma poitrine je lèche son orgasme jusqu'à la dernière goutte.

Et puis, je m'allonge près d'elle et je la prends dans mes bras.

Les paupières mi-closes, elle me regarde et prend ma bouche pour un baiser brûlant.

Lorsqu'elle le rompt, j'étudie son visage.

—Tu as aimé ton goût ?

—Oui, dit-elle avec un petit sourire. C'est bizarre ?

—Pas à mon avis, bébé. Je glisse mon doigt sur ses lèvres. Mais, il faut dire, que maintenant là, j'ai pas l'esprit clair.

Elle me lance un regard perplexe.

J'ouvre les bras et je les étends comme les ailes d'un oiseau.

—Parce que je plane.

QUATORZE

SOPHIE

Je me réveille sous les coups de langue d'Oscar sur mon visage.

—Beurk, dégage, sale bête ! Je l'éloigne de ma tête, en m'essuyant la bouche, le menton et les joues avec le drap.

Noé s'assoit et pousse Oscar vers le bord du lit.

—Tu es vilain.

Franchement, il aurait pu le gronder un peu plus fort. Au moins, pour faire semblant.

Lorsque le chien saute au sol, Noé se tourne vers moi, en souriant.

—Félicitations.

—Pour quoi ?

—Pour être passée du statut de personne inoffensive à personne méritant d'être léchée par Oscar.

—Il fait passer tout le monde à ce statut ou je dois me sentir fière et spéciale ? Je demande avec espièglerie.

—Carrément fière et spéciale. Il me fait un clin d'œil. Mais pas à cause d'Oscar.

—Ah bon ?

—C'est moi le plus perspicace.

—C'est-à-dire ?

Son sourire s'élargit.

—La première fois que je t'ai vue, j'ai mis moins de dix secondes pour te faire passer du statut d'inoffensive à méritant d'être léchée.

Les images de la nuit dernière remplissent mon cerveau et je me détourne, en espérant qu'il ne remarquera pas mes oreilles en feu.

—Je peux aller à la douche en premier ? Je demande.

—Bien sûr.

Je sors du lit, m'agenouille et trie parmi la pile d'habits par terre, à la recherche de mes sous-vêtements. Je trouve mon soutien-gorge, mais pas ma culotte.

—Oups, dit Noé, en se penchant de l'autre côté du lit et en retirant mon shorty en dentelle de la bouche d'Oscar.

Il me tend le vêtement qui est tout mouillé.

Voyant mon hésitation, il l'enveloppe dans son poing.

—Je suis – *nous sommes* vraiment désolés. Je te le laverai.

—Je ne peux pas rentrer chez moi à poil.

—Je peux te proposer un de mes caleçons ou un slip de bain ? Il me dit, un sourire dansant sur le coin de sa bouche.

Je lève le menton.

—Ce n'est pas drôle.

—Tu as raison, dit-il. Je vais l'expliquer à Oscar.

Il saute hors du lit, s'accroupit près de son chien et prend une expression sévère.

—Ce n'est pas bien, Oscar. Pas bien du tout.

Oscar écoute attentivement, ses grands yeux tristes fixés sur ceux de Noé.

—Dans cette maison, on ne mâche pas les sous-vêtements de nos invités sans permission, continue Noé, le ton faussement strict. Tu devrais avoir honte de...

Oscar se relève et lèche joyeusement le nez de Noé.

Noé s'interrompt au milieu de sa phrase, incapable de s'empêcher de sourire.

Je secoue la tête.

—Si c'est comme ça que tu le punis, je vois pourquoi il fait tout ce qu'il veut.

—Tu as déjà essayé de gronder quelqu'un alors qu'il te lèche le nez ?

—À ça non.

Il caresse Oscar.

—C'est bien ce qui me semblait. Pour info, c'est impossible.

—Si tu le dis. Je soupire, résignée. Hé, j'accepte ton offre de sous-vêtement.

Il ouvre un des tiroirs dans l'armoire et fouille à l'intérieur.

—Ça devrait faire l'affaire, me dit-il, en me donnant un caleçon extensible.

Je le prends et me dirige vers la salle de bain.

Vingt minutes plus tard, j'entre dans la cuisine. Une odeur de café frais et de viennoiseries chaudes flotte dans l'air.

Je montre les croissants sur la table.

—Micro-ondes ?

Il fait la grimace, l'air exagérément vexé.

—Sûrement pas ! Je les ai achetés à la boulangerie en bas pendant que tu te douchais.

—Maintenant, je comprends pourquoi mon amie Sue me disait que je devais passer une nuit avec un français, dis-je avant de mordre dans la délicieuse pâte feuilletée.

—Et pourquoi ?

—Cette *perfection*, je lève le croissant, avec du café frais tôt le matin. Ça vaut bien toutes les complications.

Ses lèvres se plissent et il montre la bouteille de rosé de la nuit dernière.

—Je dirais que *ça* valait bien toutes les complications.

Je penche la tête.

—Tu t'y connais plutôt bien en vin pour un athlète qui a grandi au Népal.

—Les français sont nés connaisseurs en vin, dit-il. Demande à ta mère, si tu ne me crois pas.

—Je ne connais peut-être pas grand-chose en vins, dis-je, mais ce n'est pas le cas pour les vignobles.

—Comment ça se fait ?

—On a fait un atelier de deux jours à l'agence la semaine dernière sur la vente de propriétés viticoles. J'ai appris plein de choses.

—Comme quoi ?

—Par exemple, si le domaine a une cuverie ou juste un vignoble, le type de raisins cultivés, l'âge des vins, leur rendement, s'il y a du personnel déjà salarié et tout un tas d'autres choses. Tout ça se répercute sur le prix du domaine.

—Je n'en avais aucune idée, dit-il, l'air impressionné.

J'adorerais en savoir plus.

Je souris flattée.

—Sans problème, mais n'oublie pas que ce n'est qu'un cours intensif. Il y des courtiers spécialisés qui peuvent te dire immédiatement si le domaine sera rentable.

—Je crois que tes connaissances seront suffisantes pour moi, dit-il de manière énigmatique.

Avant d'avoir le temps de lui demander, ce qu'il veut dire, mon téléphone se réveille dans mon sac à main, avec la sonnerie de Papa.

Je réponds.

—Bonjour, Princesse, j'ai d'excellentes nouvelles, dit Papa. Hier soir, Doug Thompson a insisté pour que nous allions boire un verre.

—Notre pire ennemi ?

—Ce n'est plus le cas. Il a admis qu'il était amoureux de toi, tu y crois ?

—Non, dis-je.

—En fait, il est amoureux de toi depuis des années, continue Papa, et il veut tout faire pour conquérir ton cœur.

Je suis trop sidérée pour répondre.

—Si toi et Doug vous entendez bien, nous pourrions fusionner nos deux agences et devenir LE leader du marché. Nous n'aurions aucun concurrent dans les Keys. Nous pourrions développer le truc parisien que tu as commencé en véritable agence, et pourquoi pas, en ouvrir une à Miami.

Il est tellement enthousiaste que j'ai du mal à en croire mes oreilles.

—Papa, je…

—Tu n'as pas besoin de répondre ou de faire quelque chose pour l'instant, il m'interrompt. Je voulais juste que tu commences à voir Doug sous un autre angle. S'il n'est plus notre concurrent, c'est exactement ce qu'il te faudrait comme homme.

Cette conversation prend une tournure beaucoup trop sensible.

—Je peux te rappeler dans dix minutes ? Je demande.

Il s'arrête un instant.

—Tu n'es pas seule.

—Exact.

—À huit heures du matin, il remarque d'un ton acerbe.

Maintenant, sa voix est glaciale par rapport à la chaleur qu'elle diffusait il y a quelques secondes.

—Je te rappelle, dis-je et je raccroche.

Noé me donne une tasse de café parfumé.

—Bois-ça avant de filer.

Je l'avale et je l'embrasse.

Dès que je suis dans la rue, je rappelle Papa.

—Tu as rencontré quelqu'un, dit-il.

—Peut-être.

—Il est noir ?

Depuis quand la race est devenue un facteur à prendre en compte ?

—Non, dis-je. Doug Thompson non plus, il me semble.

—C'est différent.

—C'est-à-dire ?

—Doug est d'ici, un *conch* de souche, né et élevé à

Key West.

—C'est un mérite ? Je demande avec une pointe de sarcasme.

—Oui, ça l'est, dit Papa. Ça veut dire qu'il a des racines ici. Ça veut dire qu'il peut supporter nos étés et qu'il ne s'enfuira pas au bout de quelques années, pour un climat moins chaud.

Oh, non ! Il parle de Maman autant que de Doug. J'aurais dû le voir venir.

—Je suppose qu'il est français, dit Papa.

—Oui.

—Catholique ?

—Il n'est pas religieux.

—Encore pire, un athée.

—Je ne pense pas qu'il soit athée, c'est juste qu'il ne pense pas trop à la religion. Sa passion est ailleurs.

—C'est quoi ?

—Le water-polo.

—Hum. Il est pro ? Il gagne bien sa vie ?

—Le water-polo c'est pas comme le baseball ou le foot. C'est pas très bien payé. Du coup, il travaille à mi-temps.

—À faire quoi ?

J'hésite. Papa ne va pas aimer ça. *Bon, tant pis.*

—Il livre des pizzas.

Silence.

—Papa ?

—Tu sors avec un livreur de pizzas.

Je ne fais pas de commentaires.

Il s'éclaircit la gorge.

—Et ton livreur de pizza a-t-il un diplôme

universitaire ?

—Heu...je ne sais pas.

—Donc, en gros, c'est un loser, dit Papa, avant d'ajouter : Une euro-racaille.

—Tu exagères !

—Il va te tirer vers le bas, Sophie, tu ne le vois pas ?

—Papa, j'ai pas prévu de me marier avec lui, je fais une moue de frustration. Tu devrais plutôt être content que je sorte enfin avec quelqu'un.

—Tu sors avec quelqu'un qui habite en Europe et qui livre des pizzas. Non, je ne suis pas content.

—C'est quelqu'un de merveilleux, dis-je, et un gardien doué.

J'aurais aimé mentionner le don supplémentaire de Noé, que j'ai découvert la nuit dernière, mais c'est à Papa que je parle, pas à Maman.

—Un livreur de pizza. Il rit amèrement. Si c'est pas le type parfait ?

Je ne dis rien.

—Comment s'appelle-t-il ? demande Papa.

—Noé Masson.

—Garde juste la tête sur les épaules, Princesse, d'accord ? Le ton de Papa est apaisant maintenant. Tu es jeune et sans expérience, et ce Noé...Promets-moi juste de ne pas te précipiter ?

—Pas de problème, dis-je et nous raccrochons.

Gros problème, en fait.

Malgré la désapprobation flagrante de Papa et mes propres doutes, j'ai peut-être déjà franchi la ligne rouge.

Je suis peut-être en train de tomber amoureuse de Noé.

QUINZE

NOÉ

Je fixe la dernière lettre de Diane, tout en digérant les informations que je viens de lire.

Cher Noé,

Jaqueline m'a dit que tu étais allé au château la semaine dernière. Quelle excellente nouvelle ! Je l'ai dit à Sébastien, qui n'a pas commenté, mais ses yeux se sont éclairés d'espoir. Le château t'a-t-il rappelé des souvenirs d'enfance ? Est-ce que tu as eu envie de revenir ? J'espère que c'est le cas.

Remarque : d'habitude je ne suis pas si sentimentale. C'est le baby blues. Ça va passer (je croise les doigts).

Bref, je reviens à la raison de ma lettre. Ta visite au

domaine m'a fait réaliser quelque chose. Vu que tu refuses de voir Séb ou même Raphael, c'est peut-être parce que tu n'as pas eu l'opportunité d'entendre la version de l'histoire de Sébastien.

Je vais te la dire dans cette lettre et tu feras ce que tu voudras ensuite.

Marguerite n'avait plus d'argent et a demandé à Sébastien de donner un demi-million à son association, peu après le décès de ton père. Je pense que tu es au courant de ça. Ce que tu ne savais peut-être pas, c'est que la société était au bord de la faillite à ce moment.

Sébastien lui a dit non, parce qu'il investissait son héritage personnel - jusqu'au dernier centime - dans Parfums d'Arcy. S'il lui avait envoyé la somme qu'elle demandait, il n'aurait pas pu sauver la société. Près de mille employés en France et à l'étranger auraient perdu leur travail. Je ne dis pas que c'était le seul facteur dans la décision de Sébastien, mais c'était un point important.

Qu'aurais-tu fait à sa place ? Aurais-tu sacrifié la dernière chance de sauver l'entreprise familiale pour pouvoir aider des personnes dans un pays étranger ? Peut-être l'aurais-tu fait. Mais Sébastien a choisi autre chose. Et son choix ne fait pas de lui quelqu'un de mauvais.

Séb a demandé à Marguerite si elle pouvait mettre sa fondation en attente et faire du volontariat pour d'autres associations pendant qu'il sauvait l'entreprise. Elle n'a pas voulu en entendre parler.

Deux ans plus tard, Parfums d'Arcy a réalisé un modeste bénéfice. Ton frère l'a offert à Marguerite, même s'il espérait le réinvestir dans l'entreprise. Elle lui a dit qu'elle avait trouvé une autre solution et qu'elle n'avait plus besoin de l'argent de d'Arcy ou de son aide.

Donc, voilà, maintenant tu connais la version de Sébastien.

D'autre part, nous espérons tous te voir pour le mariage de Raphael et de Mia. S'il te plait, viens. Ce serait le meilleur cadeau de mariage possible pour Raphael. Crois-moi.

Diane

Je n'y vais pas. Quand on coupe les ponts avec quelqu'un, je ne vois pas l'intérêt de le faire à moitié.

Est-ce que je crois sa version de l'histoire de Sébastien ? Cela pourrait-il être vrai ? Est-il possible que mes frères ne soient pas uniquement animés par la cupidité ? Sébastien se préoccupait-il vraiment du sort de ses employés ? A-t-il vraiment offert ses premiers bénéfices à Maman ?

Est-ce que je l'ai jugé trop sévèrement ?

Pour ce qui est de Raphael, Maman a toujours dit qu'il était trop jeune à l'époque et trop facilement influencé. En parlant de Maman, quelque chose dans la lettre de Diane me dérange plus que la possibilité que j'ai eu tort de rompre la relation avec mes frères. C'est la réponse que Maman a donnée à Seb, lorsqu'il lui a enfin proposé de l'argent.

Elle lui a dit qu'elle avait trouvé une autre solution.

Cette « autre solution » ne pouvait être que Pierre Sorrel, l'officiel au Ministère des affaires étrangères qui avait aidé Maman à obtenir le financement du gouvernement français cette année-là et les années suivantes. Le connard ultime qui lui avait fait payer son aide avec son corps.

C'est ce qu'elle m'avait dit le jour où j'étais rentré plus tôt de l'école et où je l'avais trouvé dans notre salon. Il avait le dos tourné, le cul nu, le pantalon autour des chevilles. Maman était à genou devant lui...

Mes mains forment des poings alors que je me remémore la scène.

Qu'est-ce que je ne donnerais pas pour ne jamais l'avoir vue ! J'avais quatorze ans et Maman était mon héroïne, une guerrière de la justice sociale, une sainte. Quand Sorrel avait filé et qu'elle avait avoué que ce que j'avais vu était le prix à payer pour continuer son travail, j'avais résolu de le tuer. J'avais passé d'innombrables nuits à préparer son meurtre pour sauver Maman de ses griffes.

Mais la seule fois où j'en avais vraiment eu

l'opportunité lors d'une garden-party à l'Ambassade de France, je n'avais pas pu passer à l'acte.

C'est pour ça que j'en veux tellement à mes frères.

C'est pour ça que je ne peux pas leur pardonner.

Mais... pourquoi est-ce que Maman n'avait pas pris l'argent de Sébastien lorsqu'il lui avait proposé, afin de se libérer de Sorrel ? Son orgueil était-il plus fort que sa souffrance ? Ou peut-être souffrait-elle moins qu'elle me l'avait fait croire ?

Je secoue la tête.

Ce ne sont que des hypothèses basées sur des informations de deuxième main d'une femme qui est loin d'être impartiale. Diane aime Séb et elle est fait tout son possible pour justifier ses actions. Elle y arrive bien, d'ailleurs. À chaque fois qu'elle écrit, je finis par me poser des questions sur ce que j'ai toujours considéré être la vérité.

Je froisse sa lettre et l'envoie dans la poubelle. La prochaine qu'elle m'enverra y finira sans être ouverte.

La colère pulsant dans mes veines, j'attrape mon sac à dos et je sors. J'ai un train à prendre avec Sophie.

Nous allons en Bourgogne.

C'est ma deuxième visite en une semaine. Je suis allé au Château d'Arcy samedi dernier pour parler à la gouvernante, Jacqueline Bruel. Depuis mon vingt-septième anniversaire il y a deux semaines, je suis le propriétaire légal du domaine, ce qui signifie que Madame Bruel est mon employée.

Mais, pas pour longtemps.

J'ai discuté avec Jacqueline la semaine dernière et je lui ai demandé d'assurer que le personnel ne soit pas là de quatorze à dix-huit heures cet après-midi, pour que je puisse y passer quelques heures seul et que je décide ce que je veux en faire.

J'ai menti. Ma décision est prise. Elle a été prise il y a plusieurs années. J'y amène Sophie aujourd'hui, pour qu'elle me fasse une première évaluation et qu'elle me donne un prix approximatif. Ensuite, je mettrai la vente dans les mains d'un courtier spécialisé dont elle a parlé.

Et puis, je le vendrai.

Lorsque nous sortons du taxi et franchissons le portail en fer forgé, l'air sent les roses et l'herbe. Des abeilles et autres insectes bourdonnent au-dessus des haies bien taillées.

Une légère brise fait bruisser les milliers de feuilles de chêne le long de l'allée en gravier. Un parc à l'anglaise avec ses vastes pelouses, parsemées d'arbres imposants et de parterres de fleurs colorés commence sur notre gauche et s'étend derrière le château, où débute un vignoble, qui couvre les pentes douces sur notre droite.

Tout ceci est tellement différent des odeurs, des vues et des sons de Paris, qu'on a du mal à croire que nous avons quitté la capitale, il y a moins de trois heures.

Ce serait le paradis pour Oscar.

Il pourchasserait les papillons et se roulerait dans l'herbe autant qu'il le voudrait, et il n'y aurait personne pour lui dire de partir parce que c'est une zone interdite aux chiens.

—Ton ami Sébastien a bien raison de vendre son château en été. Sophie se remplit les poumons d'air et regarde autour d'elle. Ça fait moins d'une minute que je suis là et je suis déjà amoureuse.

Je lui lance un sourire pincé, me demandant si c'est une coïncidence d'avoir nommé mon ami imaginaire « Sébastien ».

Pas vraiment. Je suppose que c'était une tentative involontaire de conférer une touche de vérité à cette farce.

Sébastien, Raphael et moi, et des générations de filles et de garçons d'Arcy, ont passé de nombreux joyeux étés ici. Raph et moi faisions toujours des bêtises : grimper aux arbres et avoir trop peur de redescendre, pourchasser l'oie de la gouvernante dans le parc et jouer à cache-cache là où nous n'avions pas le droit.

Quel dommage que mon frère décontracté ait choisi de s'aligner sur notre aîné Séb, quand Maman avait besoin de lui !

Au contraire de ses frères cadets, Sébastien toujours sérieux, passait la plupart du temps dans la bibliothèque à l'étage, à lire des ouvrages compliqués. Je suis certain que c'est dans la bibliothèque qu'il a commencé à manigancer son plan pour dominer le monde.

—Tu peux me redire pourquoi ton pote veut vendre ? demande Sophie.

—Il a besoin de l'argent.

—Et il est coincé à l'étranger, c'est ça ?

—Exact, je me détourne. Par où veux-tu commencer ?

—J'ai quoi comme options ?

—Le parc, le vignoble ou la maison.

Elle pointe le menton vers l'escalier menant à l'entrée ornée.

—Allons voir le château en premier.

—D'accord, je hoche la tête en me tapant le front de la main. J'ai presque oublié, on n'aura pas le temps d'aller la voir, mais il faut que tu saches qu'il y a une grotte avec de l'art rupestre à quelques minutes dans cette colline.

Je montre dans la direction de la Grotte d'Arcy.

—Elle fait partie du domaine ? Elle demande.

Je fais oui de la tête.

—Et la grotte est-elle belle ?

—Il y a les peintures rupestres préhistoriques les plus anciennes de France, dis-je, une note de fierté s'insinuant dans ma voix. Elles datent de l'Âge glaciaire, il y a environ quarante mille ans. Je me rappelle les mammouths et les élans magnifiques. Des lions, aussi.

—Tu venais ici quand tu étais petit ?

—Ouais.

—C'est triste, dit-elle.

—Que je sois venu ici quand j'étais gamin ?

—Mais non, idiot. Que ton ami vende sa maison d'enfance.

—Ce n'est pas triste, dis-je. Il se moque de cet endroit.

Vraiment, il s'en moque.

SEIZE

SOPHIE

—Quel âge a le château ? Je demande lorsque nous arrivons en haut de l'escalier.

Noé ouvre la porte d'entrée magnifiquement sculptée.

—Plus de quatre cents ans.

—Il est inscrit aux monuments historiques ?

Il hoche la tête.

—Cela veut dire que les nouveaux propriétaires ne pourront pas faire de gros changements sans permis spéciaux, dis-je.

Noé me lance un regard inquiet.

—Pourquoi est-ce qu'ils voudraient faire de gros changements ?

—Est-ce qu'il y a une piscine intérieure ou un spa dans le château ?

Il secoue la tête.

—Les acheteurs non-européens voudront sûrement ces choses-là.

—Je vois.

Je regarde autour de moi, en observant l'énorme vestibule inondé d'une lumière douce, le sol en marbre, les chandeliers imposants et l'escalier majestueux qui mène au deuxième étage.

—Par là. Noé avance vers un salon de l'autre côté du vestibule.

Le marbre ébréché sous nos pieds fait place à un parquet délicat. Le plancher craque à chacun de nos pas, mais il est magnifique. Les petits panneaux de couleur miel, sûrement en chêne, sont assemblés en grands carrés diagonaux. J'ai déjà vu ce motif. Je ferme les yeux, me rappelant ce que Véronique m'a appris sur les styles de planchers français traditionnels.

—Parquet de Versailles, j'annonce fièrement, en pointant vers le bas. C'est le nom de ce motif.

Noé sourit.

—Précieux comme information.

—Ne fais pas ton malin, monsieur le gardien de but. Je relève le menton. Tu m'as amenée ici pour entendre mon opinion, non ?

Il baisse la tête sur la poitrine.

—Désolé, c'est vrai.

—J'ai essayé de me renseigner sur ce domaine hier soir, mais je n'ai pas réussi à trouver de château appelé Thouars-Maurice.

—Ah bon ? Il regarde fixement à travers la fenêtre.

—Tu es sûr de ne pas t'être trompé de nom ?

—Je demanderai à mon pote, dit Noé. Peut-être que le nom officiel est légèrement différent.

—Je te parie qu'il l'est.

Détachant mon regard de Noé, j'observe autour de moi.

—Cette pièce est…incroyable.

Il sourit.

—Elle s'appelle le Salon Bleu.

Je vois pourquoi. Les murs sont couverts de fresques bleues décolorées représentant de jolies bergères batifolant avec des bergers coquins dans des scènes bucoliques. Je doute que Noé puisse me donner l'âge de ces fresques, mais elles doivent avoir au moins deux-cents ans.

Sur le seul mur sans fresque, de hautes portes-fenêtres s'ouvrent sur un parc à l'anglaise, dont nous avions vu une partie depuis le devant du bâtiment.

Je suis époustouflée par ce que je vois.

Examinant les vastes pelouses se fondant en prairie avant de rencontrer les bois au loin, je déclare que je n'ai jamais rien vu d'aussi beau.

Même les couchers de soleil chez moi ne sont pas aussi remarquables.

—Cette vue est extraordinaire, dis-je à Noé. Assure-toi que rien ne la bouche quand les acheteurs viennent visiter.

—Tes mots sont des ordres.

—Si j'étais toi, ou ton ami, je mettrais un grand fauteuil confortable ici. Je montre l'espace entre la cheminée et les portes-fenêtres. Et un livre ouvert dessus.

—Ça ne donnerait pas l'air désordonné ?

—Ça donnera l'impression que le château est habité et ça aidera les acheteurs potentiels à se projeter dans ce salon.

—C'est futé.

—Juste un petit truc d'agent immobilier.

—Tu en as d'autres ?

Je lui lance un regard effronté du style *qu'est-ce que tu crois.*

Il sourit et m'attire à lui.

—J'adore quand tu es coquine.

—Ça, c'est rien, chéri, je ronronne, enhardie par son compliment. Tu ne m'as pas encore vue coquine.

En fait, *personne* ne m'a vue coquine, mais j'ai pas besoin d'en parler.

La main de Noé descend le long de mon dos et se pose sur mes fesses.

—Laisse-moi te montrer le grand hall, avant de passer aux chambres.

Je lève les sourcils.

Il n'est pas en train de suggérer ce que je pense ?

Peut-être que si ?

Il me prend la main et m'amène dans un autre salon, plus grand et plus imposant que celui que nous venons juste d'admirer. Il y a une petite console plantée au milieu de la pièce. Une bouteille de vin rouge, un tire-bouchon et deux verres à pied y forment un ensemble invitant.

Noé saisit la bouteille, dont l'étiquette indique, *Côteau de la lune*. Alors, qu'il l'étudie, je vois une note soigneusement manuscrite.

Nous espérons que vous aimerez ce Pinot Noir de vingt ans, le dernier millésime du château.

Jacqueline, Greg, Deolinda, Fabrice

Je montre la note à Noé.

—Qui sont ces gens ?

—Le personnel.

—Ils sont invisibles ?

Il fait un sourire narquois.

—Ils ont pris leur après-midi pour que nous puissions fureter sans être dérangés.

Plutôt bizarre.

Noé ouvre la bouteille et verse un peu de vin dans l'un des verres. Il le sent, le goûte et remplit les deux verres.

—À la tienne, dit-il, en touchant mon verre avec le sien.

Je bois une petite gorgée. Le vin est corsé et plein d'arômes subtils que j'aimerais pouvoir identifier.

Une chose dont je suis certaine, c'est que le château a eu un sacré bon millésime il y a vingt ans.

—Tu sais pourquoi ils ont arrêté de faire du vin ?

—Le père de Sébastien est mort, dit Noé. C'était lui le vigneron de la famille.

Il pose son verre sur la table.

—Allez, on y va. Il y a une douzaine de chambres à voir, sans parler du parc et du vignoble.

Alors que je le suis dans l'escalier magnifique, mais branlant, puis dans un long couloir, je prends la mesure du délabrement du château derrière toute sa grandeur et son raffinement royal. Il est parfaitement propre, mais tout le dépoussiérage et le lustrage du monde ne peuvent pas masquer les taches de moisissure sur les murs croulants ou les énormes fissures dans le plafond.

—Quand ce château a-t-il été rénové la dernière fois ? Je demande à Noé.

—Dans les années soixante.

Il a l'air d'en savoir beaucoup sur cet endroit. Évidemment, son ami Sébastien a dû lui donner toutes les informations importantes.

Noé ouvre l'une des portes et me fait signe d'entrer dans une pièce spacieuse.

—C'est la chambre du Châtelain et de la Châtelaine.

—Les planchers devront être revernis et les murs traités et replâtrés.

Ensuite, nous découvrons une magnifique bibliothèque à boiserie et cinq ou six chambres plus petites avec salles de bain attenantes. Certaines ont des peintures ou des tentures sur les murs, d'autres possèdent des plafonds avec poutres et des baignoires anciennes. Elles sont toutes aussi ravissantes, que délabrées.

Dans l'une des chambres, il m'appuie contre le mur et m'embrasse jusqu'à ce que mes genoux en tremblent.

—Demain ? Il demande en me fixant droit dans les yeux.

Je sais de quoi il parle sans avoir besoin de lui demander.

—Demain.

Il me lance un grand sourire ravageur.

Je souris à mon tour, aussi excitée qu'apeurée.

—Tu veux voir les vignes maintenant ? Il demande, en se reculant. Ou tu veux continuer à explorer les autres chambres d'amis, salons, caves à vin et les cuisines ?

Je jette un œil à ma montre.

—Notre train part dans moins de deux heures. Alors, allons voir les vignes.

Nous sortons du château et nous nous dirigeons vers la colline, en passant devant une petite chapelle, une fontaine et une orangerie incroyablement romantique.

—Est-ce que tu connais les coûts d'entretien annuels du domaine par hasard ? Je demande.

Il secoue la tête.

—Tu pourrais demander à ton ami ? J'ai besoin de cette info pour déterminer le prix.

—Je te dirai ça dans un ou deux jours, dit-il, avant d'ajouter, ça doit coûter une petite fortune de maintenir un domaine comme ça.

Je hoche la tête.

—La personne qui l'achètera aura besoin d'avoir de gros moyens. Ou de générer des revenus en utilisant l'énorme potentiel du domaine.

—Tu penses à des chambres d'hôtes ?

—Oui, entre autres, dis-je. Si j'étais la propriétaire, je ferais une demande d'autorisation pour restaurer le château immédiatement et je convertirais l'une des ailes en hôtel.

—Tu penses que le comité des monuments historiques le permettrait ?

—Si la demande est validée par un bon architecte et montre comment les nouvelles activités générant un revenu peuvent permettre de financer les travaux de préservation et la restauration du château à son ancienne gloire, je suis certaine que oui.

Il me lance un regard de côté.

—Et tu as déjà pensé à d'autres *activités générant un revenu* ?

—Eh oui ! Je déplie les doigts de ma main gauche en énumérant chaque idée. Je louerais le grand hall pour les soirées et cette énorme pelouse centrale pour des festivals de musique et des événements. Je relancerais le vignoble. J'installerais une boutique de cadeaux et j'embaucherais un guide pour faire des visites quotidiennes du château...

—Nous, il m'interrompt, je veux dire, Sébastien autorise déjà des visites guidées de la grotte.

—C'est bien, dis-je. Mais clairement, ce n'est pas suffisant.

Nous marchons en silence pendant quelques minutes de plus. Les couleurs et les formes de ce domaine sont un régal pour les yeux. Cet endroit mérite tellement plus d'amour qu'il ne reçoit actuellement. Des parfums délicats de fleurs remplissent l'air diffus de l'après-midi, qui devient plus piquant lorsque nous atteignons les vignes.

—Combien d'hectares ? Je demande.

—Heu...

—J'aurais besoin de cette info aussi.

Il sourit.

—Oui, M'dame.

Nous regardons les vignes en treille.

—Les caves du château sont-elles grandes ? Je demande.

—Très.

—Et l'équipement, tu crois qu'il est encore là ?

—Je pense que oui.

—C'est une source de revenu supplémentaire ! Je souris, débordante d'enthousiasme. Le nouveau propriétaire pourrait démarrer une coopérative. Les petits cultivateurs sans infrastructure pourraient louer un espace et l'équipement dans les caves du château. Même les amateurs pourraient payer pour avoir leurs propres vins spécialisés. Ça marche comme ça aux États-Unis, surtout en Californie.

Noé ne dit rien.

Accroupi dans les vignes, il touche les souches et passe les doigts le long des tiges. Avec ferveur, il caresse les feuilles et soupèse avec délicatesse une grappe de raisins gonflée, comme s'il évaluait son poids dans sa main. Lorsqu'il détache un raisin rouge juteux et le met dans la bouche, ses paupières se ferment et une expression d'extase apparaît sur son visage alors qu'il savoure le fruit.

Il ouvre les yeux et observe la parcelle en marmonnant.

—Je n'avais pas réalisé que quelqu'un s'occupait encore de ces vignes…

—Quand ont-elles été plantées ?

—Il y a plusieurs décennies, par le grand-père de Sébastien.

—Eh bien, peut-être que ton pote Sébastien ne pense pas que c'est son devoir de garder ces vignes en vie.

Noé se tourne vers moi.

—Peut-être.

—Est-ce que tu sais si ce vignoble est classé grand cru ?

—Il l'est.

—Waouh. Génial pour Sébastien, ça ajoute énormément de valeur. Je soupire longuement. Je pense qu'il est dingue de le vendre.

—Il a besoin... commence Noé.

—D'argent, je finis pour lui. Je sais, je sais...Mais si j'étais propriétaire de ce domaine, il n'y aurait qu'une seule raison pour que je le laisse à quelqu'un d'autre. Je me tais un instant pour faire mon petit effet... C'est si j'étais morte.

Il me regarde bizarrement.

—Jusqu'où tu irais pour mettre la main sur un bien comme celui-là ?

—Loin.

—Tu épouserais son propriétaire actuel ou futur, même si tu ne l'avais jamais rencontré et même si tu n'éprouvais aucun sentiment pour lui ?

—Les sentiments, ils ont bon dos. Je réponds ce que je dis toujours à Maman ou à Sue lorsqu'elles deviennent trop sentimentales. Les sentiments ne font que brouiller le jugement et entraînent des déceptions plus tard.

—Donc, ça veut dire que tu l'épouserais ?

Est-ce que ça veut vraiment dire ça ?

Oh et puis zut— j'essaie juste de gagner le débat.

—Évidemment, dis-je, en levant les yeux au ciel. Sans hésiter.

DIX-SEPT

NOÉ

— Ça c'est moi et Hamlet à vingt-et-un ans, dit Juliette en montrant une vieille photo dans l'impressionnant album posé sur les cuisses de Sophie. Cette photo a été prise à Beyrouth, quelques mois après notre mariage.

Les femmes sont assises côte à côte sur le canapé et regardent les photos de famille de Juliette. Hamlet et moi nous relaxons dans des fauteuils confortables de l'autre côté de la table basse.

Oscar et Cannelle se sont endormis à nos pieds ; Cannelle s'est mise en boule sur son coussin préféré et ne fait pas un bruit, car c'est une délicate demoiselle de pure race. Oscar dort sur le dos, les pattes arrière largement écartées, tout en émettant des ronflements sonores. Égal à lui-même.

Pour finir le repas, nous sirotons du café dans des tasses minuscules. Il a été brassé à l'orientale, ce qui est selon Juliette, « la seule manière raisonnable de boire du café ». Pour accompagner le café, nous engloutissons de nombreux petits baklavas gorgés de miel.

Le café a été torréfié, meulé et brassé par Hamlet. Sa gentille épouse a fait les baklavas. Les Derzians savent que je ne suis pas fan de desserts. Moi, je sais que quitter leur domicile sans manger au moins un baklava n'est pas envisageable.

Je me tords le cou pour regarder la photo. Hamlet porte des pantalons pattes d'eph et une chemise rouge ouverte jusqu'au nombril, qui révèle une poitrine velue. Il a une chevelure abondante et sa moustache me fait penser à Tom Selleck. Juliette est habillée avec une robe hyper courte et des chaussures à plateforme. Ses longs cheveux sont divisés par une raie au milieu. Elle a aussi un bandeau tressé autour du front.

Sophie lance un regard de surprise à notre hôtesse.

—Une mini-jupe ? Au Liban ?

—Bien sûr, dit Juliette en haussant les épaules. Toutes les fans de mode dignes de ce nom en portaient une à l'époque.

—Vous êtes la hippie la plus cool que j'ai jamais vue, dit Sophie.

Juliette soupire de nostalgie.

—J'avais des jambes tellement jolies.

—Moi aussi, rétorque Hamlet depuis son fauteuil, les yeux embués.

Sophie rigole.

Hamlet se tourne vers sa femme.

—Elle croit que je plaisante. Montre-lui nos photos de Saint-Tropez.

Juliette tourne quelques pages, jusqu'à ce qu'elle

trouve les photos de Saint-Tropez. Quatre photos immortalisant le couple sur la plage célèbre de la Côte d'Azur. Ils sont très bronzés. Juliette porte un bikini minuscule. Hamlet, fièrement poilu, a un bras passé sur les épaules de sa femme. Seul, un tout petit bout de tissu bleu vif pour couvre ses parties masculines.

Mon slip de water-polo a l'air prude par rapport à la tenue de Chippendales de Hamlet.

J'ouvre la bouche pour remercier Dieu que le mankini de Borat n'ait pas été inventé au siècle dernier, mais il me lance un regard de tueur à travers des yeux plissés.

—C'est vrai, dis-je. Vous avez tous les deux des jolies jambes.

Hamlet se tourne vers Sophie.

—Je te l'avais dit.

—Vous êtes magnifique ensemble, dit Sophie.

Juliette sourit.

—Nous étions destinés l'un pour l'autre, et pas seulement parce que nous avions des noms shakespeariens. Nous sommes nés la même année et nos mères étaient meilleures amies.

—C'est un bon début, je saisis la chance d'évacuer mon sarcasme censuré. Mais de là à appeler ça le *destin*...

Hamlet intervient.

—Lorsque j'ai demandé Juliette en mariage la première fois, je me suis mis à genoux et je lui ai demandé d'être ma femme devant Dieu et les hommes.

—J'ai dit, pas question, dit Juliette.

Hamlet hoche la tête.

—Mon cœur s'est effondré. Avais-je été aveugle ? Se

pouvait-il que Juliette ne m'aime pas comme moi je l'aimais ? Alors, je lui ai demandé, la voix tremblante, « Pourquoi ? ».

Il marque une pause.

Je jette un œil à Juliette, m'attendant à ce qu'elle continue l'histoire, mais elle regarde son mari, n'ayant clairement pas envie de perturber le spectacle.

—Qu'a-t-elle dit ? demande Sophie.

Hamlet attend quelques secondes avant de répondre.

—Elle a dit : « Parce que demander la main de quelqu'un sur les deux genoux, c'est nul. »

Cette raison si superficielle coupe le souffle à Sophie, qui se tourne vers Juliette.

—Vraiment ?

Juliette hoche la tête.

—Qu'est-ce que tu as fait ? Je demande à Hamlet.

—Qu'est-ce que j'aurais pu faire ? Il hausse les épaules. Je me suis remis dans la bonne position, sur un genou et je l'ai à nouveau demandé en mariage.

Sophie sourit.

—Et elle a dit oui, n'est-ce pas ?

—Elle a dit non.

Je me demande pourquoi cette fois-ci. Était-il trop pauvre pour elle ? Un ébéniste sans relations et sans argent familial, peut-être pensait-elle qu'il n'était pas assez bien pour elle ?

Espérait-elle se trouver un cheik ou, à défaut, un homme d'affaires riche ?

Un sourire se dessine sur les lèvres de Hamlet.

—Je lui ai à nouveau demandé pourquoi. Elle a levé

les yeux au ciel et elle a dit : « Parce qu'on a douze ans, idiot. »

Sophie éclate de rire.

Je me marre aussi, ridiculement soulagé.

—J'ai fait une nouvelle demande, quand nous avons eu dix-huit ans, dit Hamlet, le visage fendu d'un large sourire.

Juliette se lisse les cheveux.

—Je lui ai dit oui, mais je l'ai fait attendre deux ans de plus, jusqu'à ce que nous ayons vingt ans.

Hamlet se penche vers elle et lui tapote la main.

—Tu valais tout à fait la peine d'attendre, ma chérie.

Sophie et moi remercions nos hôtes et nous levons.

—Tu devrais la garder, Juliette me murmure à l'oreille au moment de me faire la bise. Ne met pas tout en l'air.

Je pense à toutes les omissions, demi-vérités et mensonges complets que j'ai dit à Sophie sur qui je suis et d'où je viens et mon estomac fait des nœuds.

Il est très possible que j'ai déjà tout mis en l'air.

DIX-HUIT

SOPHIE

Noé ouvre la porte et jette un œil à sa montre.

—Nous sommes rentrés et il n'est que neuf heures. Hip hip hip hourra pour les soirées sur le même palier.

—J'aime bien tes voisins, dis-je.

Il sourit.

—Tu les aimeras peut-être moins la prochaine fois que Juliette te gardera en otage, jusqu'à ce que tu aies vu les albums photos de ses enfants. Un album par enfant et par année.

—Pourquoi ne l'a-t-elle pas fait cette fois-ci ?

—Elle sait que j'ai un match important demain, alors elle a eu pitié.

Demain, Noé, Zach et le reste de l'équipe jouent le premier jeu du championnat national de la saison contre l'Olympique Toulon. Le match est à domicile, à Paris. Et Noé m'a donné une place V.I.P.

—Tu vois ? dis-je. Tes voisins *sont* adorables et ils t'aiment beaucoup.

—Ils aiment beaucoup Oscar.

—Lui aussi, mais si je n'étais pas au courant, j'aurais cru que c'était ta famille.

L'expression de Noé tourne au vinaigre et il s'accroupit rapidement pour caresser Oscar. Il est évident qu'il n'aime pas parler ou même évoquer sa famille. Depuis que nous nous sommes rencontrés, j'ai partagé des tonnes de trucs sur ma mère, mon père, mes amis et mon enfance. Il ne m'a presque rien dit. J'ai réussi à comprendre qu'il avait grandi en Bourgogne, puis au Népal, où il a passé du temps avec Uma, avant de revenir en France. Sa mère est restée au Népal. Il l'adore. Son père est mort il y a des années, je ne sais pas de quoi. Noé le déteste, parce qu'il a refusé d'aider son ex-femme et son fils lorsqu'ils étaient dans une position délicate.

C'est à peu près tout.

Se pourrait-il que Noé soit gêné par ses origines modestes ? Je n'ai pas l'impression que le statut social ait de l'importance pour lui et il parle de son job de livreur de pizza sans problème. Pas qu'il en parle beaucoup. Les seules choses dont il est disposé à parler sont Oscar et le water-polo. Et peut-être les Derzians, tout du moins, jusqu'à ma remarque inappropriée.

Je me blâme d'avoir été si maladroite, mais lorsqu'il pousse Oscar vers sa caisse et se relève, il n'y a ni gêne, ni hésitation dans ses yeux.

Oh-oh. On dirait que quelqu'un se rappelle du projet que nous avons pour ce soir.

Noé fait glisser le bout de ses doigts le long de mes joues, de ma mâchoire et de mes lèvres.

—Tu es toujours d'accord ?

Je fais oui de la tête, puis je respire profondément pour ne pas trembler.

Il fait un pas en arrière, m'attrape toute entière dans ses bras et me porte jusqu'à la chambre.

Je lui demande de s'arrêter dès que nous sommes à l'intérieur et je ferme la porte derrière nous. Lorsque mes pieds touchent le sol, je décide d'être audacieuse. Je sais que je peux faire confiance à Noé et qu'il ne me fera pas mal. Il s'arrêtera dès que je lui demanderai. C'est vrai, je ne le connais pas depuis très longtemps, mais je sais ce qui est important. Ce qui compte et qui le définit.

Noé me veut, mais il ne laissera pas son désir contrôler ses actions. Après tout, j'ai passé deux nuits dans ses bras, sans qu'il ne tente de m'inciter à avoir un rapport sexuel ou – pire – qu'il me force. Et sans que je n'aie eu à lui dire non plus d'une fois.

Tu peux le faire, Sophie !

Avec hésitation, je touche la bosse à travers son jean.

Un éclair de surprise traverse ses yeux, puis son visage se détend et affiche un sourire satisfait.

—Soit dit en passant, j'approuve totalement la manière dont tu procèdes.

—Tais-toi et défais ta ceinture, dis-je, m'habituant à ma toute nouvelle personnalité de séductrice.

Il s'exécute.

Je défais son jean et le fais descendre doucement, avec son caleçon, le long de ses hanches étroites et de ses cuisses musclées. Pendant ce temps, il enlève son t-shirt.

Une fois qu'il est complètement nu, mon regard se concentre sur sa virilité impressionnante et je le touche. Savourant le merveilleux contraste entre la peau chaude et soyeuse et la dureté du membre, je glisse mes doigts de haut en bas avant de l'envelopper dans ma main.

Sa chair pulse contre ma paume.

Mon intérieur réagit avec intensité, me poussant vers lui, le voulant plus que tout.

Soudain, ses mains sont partout. Noé déboutonne, défait et enlève mes vêtements, en caressant tout ce qu'il dénude. Pendant tout ce temps, je tiens bien sa queue dans ma main, en ne la lâchant brièvement que deux fois, pour qu'il puisse enlever ma chemise et mon soutien-gorge.

Il ratisse mon corps nu d'un regard torride. Puis il se baisse, sa bouche se fermant autour de mon téton droit et sa grande main enveloppant mon sein. Son autre main frotte mon ventre et se glisse entre mes jambes.

Ooh, elle y est la bienvenue. Si bienvenue.

Les yeux de Noé sont enflammés lorsqu'il lève la tête et me fixe du regard.

—Tu es trempée pour moi.

—Toi aussi, dis-je, touchant le bout de son membre avec mon pouce.

Il sourit.

Je lui lance un sourire narquois. Qui aurait pu deviner que Sophie la Frigide était en réalité une bombe sexuelle ?

Soudain, Noé me laisse et saute sur le lit. Il se met sur le dos, un préservatif dans la main.

—Viens ici.

Je monte sur le lit et m'assoit sur mes talons près de lui.

Il déroule le préservatif et pose une main sur ma hanche.

—Monte sur moi ?

Je ne m'attendais pas à ce qu'il commence notre première relation sexuelle intégrale de cette manière, mais je suis partante. Je me mets à cheval sur ses hanches et je commence à descendre sur lui, très lentement, à l'écoute des réactions de mon corps. Il n'y a aucune sensation de douleur ou de gêne, juste du plaisir. Les mains de Noé sont sur mes hanches, chaudes et fortes, mais il n'essaie pas d'accélérer sa descente en me poussant vers le bas. Et il ne lève pas les hanches non plus.

Une fois complètement empalée sur lui, je bouge un peu et j'adore le sentir en moi. Il donne une poussée légère. Je m'enfonce vers le bas en réponse.

Rapidement, nous trouvons un rythme et une synchronisation parfaite.

—Bébé, dit-il dans un souffle au bout d'un moment. Je ne peux pas tenir plus longtemps.

Je me penche sur lui et embrasse ses lèvres.

—C'est bon. Je ne sais pas si peux jouir comme ça, de toute façon.

Son expression reste hésitante, alors j'ajoute :

—Mais j'aime *vraiment* ça.

Il hoche la tête et resserre son étreinte sur mes hanches. Je le laisse me relever un peu et me tenir solidement là où il me veut. Ses poussées sont de plus en plus rapides, plus fortes et sa cadence accélère pour devenir effrénée. Une minute plus tard, son visage se contorsionne et il grogne son plaisir.

Je m'enlève de lui.

Il se tourne sur le côté et met sa main sur mon pubis. Il y a une question dans ses yeux.

—Oui, s'il te plaît, dis-je.

Il commence à me caresser, en variant la pression et la vitesse, me demandant s'il doit aller plus à gauche ou à droite, plus vite ou plus lentement. Maintenant que ça ne me gêne plus de dire des trucs explicites, ses questions simples me permettent de le guider facilement, pour tirer plus de plaisir et de joie de sa main.

Quelque chose commence à monter en moi et je jouis, haletant sous l'emprise de mon orgasme.

Quand la dernière vague de plaisir s'estompe, je me tourne vers Noé.

—Bien joué.

—Désolé, que tu n'aies pas eu d'orgasme vaginal. Il me caresse le haut du bras, avant de poser la main sur mon épaule. J'avais envie que nous jouissions ensemble.

Je cligne des yeux.

—Tu rigoles ? Je viens juste d'être *pénétrée* et j'ai aimé ça. J'ai *adoré.* Tu n'as aucune idée de ce que ça veut dire pour moi.

Il sourit.

—Dis-moi.

—Ça veut dire que je peux arrêter de me mentir sur le fait que c'est génial d'être frigide, que la frigidité c'est le top, parce que ça te protège contre les choix débiles.

—Ah bon ?

Il demande en faisant semblant d'être innocent.

Je lève les yeux au ciel.

—Il n'y a que la mort qui te protège contre les choix débiles. Tout ce que la frigidité m'a vraiment apporté jusqu'à présent, c'est le sentiment que je passais à côté de beaucoup de plaisir et d'un aspect important de l'expérience humaine. J'avais l'impression d'être… défectueuse.

—Tu es parfaite, bébé, dit-il.

Je lui lance un regard espiègle.

—Peut-être que c'est vrai, maintenant que tu as libéré mon vagin.

Son sourire devient si large, j'ai peur que les coins de sa bouche se fissurent.

Appuyant une longue bise sur sa joue gauche, puis sur la droite, j'ajoute :

—Quoi qu'il arrive entre nous, Noé Masson, je te serais reconnaissante à jamais.

Lorsque je trouve ma place dans les tribunes, Uma et Sam sont déjà là. Uma est armée de pompons bleus et Sam, a une main en mousse bleue. Sam porte un maillot avec un grand numéro trois sur l'avant. Je suppose que c'est le numéro de Zach.

—Salut ! Uma m'accueille en me serrant dans ses bras. Je suis contente que tu sois venue. Ça va être génial.

Elle est si chaleureuse et bienveillante qu'il est difficile de lui en vouloir et pourtant c'est le cas. Pour ce qu'elle représente pour Noé. Pour les possibilités de leur futur ensemble et même pour leurs souvenirs partagés.

Et évidemment, cette rose de l'Himalaya n'aurait pas pu être moins adorable ? Ou moins jolie ?

Trente minutes plus tard, le match bat son plein et nous acclamons notre équipe le plus fort possible. L'équipe de Noé mène. Tous les bonnets blancs ont l'air d'être en pleine forme, mais Noé et Zach jouent particulièrement bien. À la deuxième période, Zach a marqué quatre buts et Noé en a arrêté autant. Il est à fond. Maintenant, je comprends ce qu'il voulait dire lorsqu'il m'avait parlé de l'importance de bras longs, de mains fortes et de « l'explosivité » dans la cage des buts.

Et il est rusé.

Plusieurs fois, je regarde le gardien des Nageurs de Paris inciter les attaquants de Toulon à viser vers le côté des buts qu'il a laissé sans protection. Sauf que ce n'est pas le cas. Au moment où ils se laissent prendre au piège et tirent, il jaillit hors de l'eau et bloque le tir avec une précision incroyable.

Je m'amuse aussi beaucoup à le voir devenir autoritaire et à aboyer des ordres aux défenseurs pour qu'ils aillent à gauche ou à droite, qu'ils gardent l'œil sur la balle ou qu'ils ralentissent un attaquant particulier.

Le commentateur adore Noé.

—Excellent arrêt du gardien !

—Quelles mains fortes !

—Noé Masson continue son incroyable série d'arrêts !

—Jeu parfait du gardien ! Quel magnifique bloc !

Ce type est amoureux de Noé.

Malheureusement, les joueurs de Toulon sont tout aussi inspirés que les Parisiens, si ce n'est plus. Ils dominent et tirent si souvent et de manière si bien coordonnée et rodée, que la balle finit dans les filets aussi souvent que pour Paris, même avec Noé dans les cages.

À la fin de la toute dernière période, l'un des joueurs parisiens commet une grosse faute et Toulon se met en place pour tirer un pénalty. Tous les spectateurs retiennent leur souffle. Noé m'a expliqué que bloquer un pénalty de water-polo est si difficile, que c'est un point en plus quasiment assuré. Pire encore, les deux équipes sont à égalité. Si Toulon marque, les sudistes remporteront le match.

L'attaquant prend son temps pour se préparer, puis il fait semblant de tirer. Noé bouge à peine, les yeux rivés à la balle. Après deux faux tirs supplémentaires, le vrai tir arrive, puissant et précis. Je me crispe, m'attendant au pire.

Noé bloque avec la tête, se précipite sur la balle, nage vers l'avant et la passe à un coéquipier. Le joueur l'envoie à Zach, qui la projette le plus fort possible vers le but de Toulon.

Il n'y a plus un seul mouvement dans le public, qui suit la trajectoire de la balle jaune, comme si elle était au ralenti. Au moment où elle passe au-dessus de la main du gardien pour finir dans le filet, l'arène hurle de joie.

—Quel arrêt ! Braille le commentateur. Quel tir ! Incroyable ! Il s'étrangle de ravissement et se met à tousser.

Les bonnets blancs jubilent et lancent les bras vers le haut, poings fermés. C'est fini et c'est le moment de sabler le champagne.

Les Nageurs de Paris ont gagné.

DIX-NEUF

NOÉ

Les Nageurs de Paris ont débuté la saison avec une victoire contre l'Olympique Toulon et ont continué sur leur lancée en battant trois clubs supplémentaires, chez eux, qui plus est.

Aujourd'hui nous avons joué à Paris de nouveau, en écrasant Aix-en-Provence, 14 à 6. Lucas est très content. Selon notre tradition récente, il offre à tous ses hommes, ainsi que leur compagne et enfants, un verre de la victoire. Nous avons déjà fini la bouteille de champagne obligatoire et nous sommes passés à la bière pour les grands et aux sodas pour les quatre enfants.

Ces derniers s'amusent beaucoup, grâce à un petit jeu organisé par Denis.

Il a placé quatre petits sacs en papier par terre, un pour chaque enfant, et il leur fait ramasser le sac chacun à leur tour avec la bouche. Ils n'ont pas le droit de toucher le sac, ou le sol, avec les mains. S'ils n'y arrivent pas, Denis leur demande de sauter sur un pied tout en chantant. S'ils réussissent, Denis prend des ciseaux et découpe un ou deux centimètres du haut du sac de l'enfant.

—C'est quoi le but du jeu ? Uma lui demande.

—Celui avec le sac le plus petit gagnera quand je dirai « stop ». Denis sourit. Tu veux jouer ?

Apparemment, elle en a envie, tout comme Sophie, Zach et tous les autres adultes de notre groupe.

Quand les enfants ont fini, nous nous alignons contre le mur et regardons Denis.

—Qu'est-ce qu'on gagne ? Julien demande.

Denis sort un petit sachet de bonbons de son sac à dos.

Jean-Michel le regarde fixement.

—Sérieux ?

—J'avais prévu ça pour les enfants, d'accord ? Denis hausse les épaules, puis se gratte la tête.

—Humm...Je n'ai plus qu'un sac en papier.

Nous attendons qu'il trouve la solution miracle.

—Bon, dit-il. Les règles sont différentes pour les adultes. On va procéder par élimination. Si vous ramassez le sac quand c'est votre tour, vous restez et je le coupe. Si vous ratez, vous êtes éliminés.

Pendant les quarante-cinq minutes suivantes, les clients du café sont témoins d'une compétition presque aussi acharnée que celle que nous venons de gagner dans la piscine. Mais, cette fois-ci, c'est chacun pour soi.

Lucas est le premier à être éliminé, suivi de Jean-Michel et de sa petite-amie, de Valentin, Julien, de la femme de Denis, d'Uma, de Zach et des autres. Sophie et moi sont les seuls survivants.

Le sac ne mesure que quelques centimètres maintenant.

Valentin va d'un participant éliminé à un autre, en prenant des paris. Sophie me lance un regard espiègle et se met à tourner autour du sac, en faisant des gestes pour que le public l'encourage.

—Allez Sophie ! crie Zach.

—Traître, dis-je à voix basse.

Sauf que c'est moi le traître, vu que j'ai volé sa copine potentielle. Et, il est plutôt magnanime à ce propos.

Sophie remonte ses manches et fait quelques étirements des épaules.

—Quinze ans de yoga sur la plage, les mecs !

La foule l'acclame.

Elle attend que tout le monde se calme, avant d'en rajouter une couche.

—Pom-pom girl pendant quatre ans !

Les spectateurs scandent son nom.

—*Heading to the top, U-S-A !* Elle chante, lançant le poing en l'air.

La voir s'amuser comme ça, complètement désinhibée et exubérante, est un pur bonheur. Si je n'étais pas son adversaire, je m'époumonerais pour elle.

Mais là, je dois défendre les tricolores.

Je prends une pose de bodybuilder en exposant mes biceps.

—Vive la France !

—Allez Noé ! Uma hurle.

Je pose la main sur mon cœur et je hoche la tête en reconnaissance de son soutien.

—Mesdames, Messieurs, Denis dit, en prenant la voix

d'un commentateur. Nous sommes sur le point d'assister à la finale de ce tournoi. Un combat de titans. Une lutte des civilisations ! Aigle contre coq. Doughnut contre croissant. Marilyn Monroe contre Brigitte Bardot. Elvis...

—Stop, on a compris ! Quelqu'un l'interrompt.

—D'accord, d'accord ! Denis se tourne vers Sophie. À toi.

Elle ancre ses pieds largement écartés, se croise les doigts derrière le dos et commence à abaisser le torse sans effort visible. Mon dieu qu'elle est souple ! Clairement, elle ne mentait pas quand elle a dit qu'elle avait fait du yoga et qu'elle était pom-pom girl.

Hum, je me demande pourquoi elle ne m'a jamais parlé de ces deux activités.

Peut-être que nous sommes toujours dans une zone grise entre sortir ensemble et une vraie relation, mais ce que nous avons va certainement au-delà d'une simple relation sexuelle sans lendemain. Ou peut-être que je me fais des idées ? Après tout, Sophie a toujours un projet de vie et je ne suis sûrement qu'une agréable distraction pendant ses « vacances parisiennes ». L'homme qui a « libéré » son vagin.

Peut-être que c'est pour ça qu'elle ne m'a pas parlé de ses passions pour le yoga et les pom-pom girls.

À moins que cela ne soit parce que je ne lui ai pas vraiment dévoilé grand-chose sur ma propre vie.

Le truc, c'est que je ne suis pas encore prêt à lui dire la vérité. Mais j'ai vraiment envie d'en savoir plus sur elle. J'aimerais savoir comment c'était de grandir à Key West, je veux savoir quels livres et quels films elle aime, quelles sont ses idées politiques.

Et j'aimerais bien voir une démonstration privée de son savoir en yoga.

D'ailleurs, je lui demanderai ce soir.

Au lit.

Ma queue tressaille quand j'imagine Sophie arrangeant son corps magnifique dans une pose particulière.

—Mec, c'est ton tour maintenant, la voix de Denis me ramène à la réalité.

Accroupi devant le sac, j'essaie de l'attraper avec ma bouche…et j'échoue.

Denis avance vers Sophie, lui prend la main et la lève haut.

—Elastigirl est la gagnante !

Sophie saute partout, en criant.

—Wou-Hou ! Dans ta face, mangeur de grenouille !

Mon téléphone sonne dans ma poche. C'est la sonnerie de Maman. Elle doit m'appeler pour connaître le résultat du jeu.

Je m'excuse et sors du bar.

—Vous avez gagné ? me demande Maman.

—Oui !

—Bravo !

—Merci, Maman, j'hésite. Est-ce que je peux te rappeler demain ? Je fais la fête avec l'équipe.

—Uma est là aussi ? Elle demande.

—Oui.

—Et l'Américaine dont tu n'arrêtes pas de parler ? Elle est là aussi ?

—Oui. Pourquoi.

—Tu sors avec elle ?

—Oui.

Cacher ça à Maman est inutile. En fait, il est impossible de lui cacher quoi que ce soit. Elle finira par le découvrir et elle sera en colère. Ça n'en vaut pas la peine.

Quand Maman est en colère, elle devient instable émotionnellement, ce qui lui déclenche des migraines horribles. Il lui est même arrivé d'avoir des pensées suicidaires. La seule fois où je l'ai *sérieusement* fâchée, elle a rempli la baignoire d'eau chaude, m'a écrit une note d'adieu et était sur le point de mettre son plan en route, quand je suis rentré de l'école.

À l'heure normale.

Est-ce que ce n'est pas très gentil de ma part de penser qu'elle ne voulait pas vraiment se suicider ?

Quoi qu'il en soit, j'ai appris au fil des ans à éviter de faire des choses qui pourraient la contrarier.

Maman reste silencieuse pendant un long moment. Je n'ai pas besoin de voir son visage pour savoir qu'elle est perturbée. C'est avec Uma qu'elle voudrait que je sois.

C'était aussi mon intention.

Mais ce n'est plus le cas.

—Je serai en France la semaine prochaine, elle finit par dire.

—Cool.

—J'ai décidé d'aller au mariage de Raphael et de Mia.

—Ah bon ?

—Oui. Tu as eu leur invitation.

—Je l'ai balancée à la poubelle, tout comme l'invitation à leur fête de fiançailles, l'invitation au baptême de Lily et tous les autres RSVP que j'ai reçus des d'Arcys.

Elle ne fait aucun commentaire.

—Je suis surpris que tu y ailles, dis-je.

—Moi aussi, mais…depuis la visite de Raphael l'an dernier, j'ai beaucoup réfléchi.

—Et ?

Elle soupire.

—Il était trop jeune à l'époque. Nous ne pouvons pas le tenir responsable parce qu'il a choisi son frère aîné qui était comme un père pour lui, après que son Papa se soit engagé sur la voie de la débauche.

—D'accord, mais bon…

—Tu devrais y aller aussi. Pour moi. J'aimerais que tu te réconcilies avec Raphael.

Quoi ?

—Tu n'as pas besoin de te décider tout de suite, ajoute-t-elle rapidement. Va avec tes amis et nous en discuterons en personne dans trois jours.

Quand je reviens au bar, Sophie boit son vin à la longue table. Je m'assois à côté d'elle. Elle m'offre un bonbon Haribo.

—Tu ne m'en veux pas ?

—Pas du tout. Je me tourne vers elle. Tu as gagné loyalement.

Elle rayonne.

Je prends le bonbon de sa main.

—Merci de partager ton prix.

—Comment va ta mère ?

—Bien, dis-je. Elle vient à Paris la semaine prochaine.

J'ajoute presque « pour le mariage de mon deuxième frère », avant de me rappeler que je n'ai jamais parlé de mon deuxième frère à Sophie. D'aucun frère, d'ailleurs.

Mon adorable copine bouge dans sa chaise pour me faire face.

—Dis-moi quelque chose. Pourquoi as-tu quitté le Népal il y a deux ans ?

—Pour pouvoir entrer dans un club de water-polo et jouer professionnellement.

C'est toujours ce que je dis quand on me pose cette question.

—Ah oui, je me rappelle ! Elle sourit. Les Népalais préfèrent le polo à éléphant que le water-polo, c'est ça ?

—Ouaip.

Mais pas vraiment.

Les rares fois où je scrute ma propre âme, je vois une réponse plus complexe. Bien sûr, il y a le water-polo, mais il y a aussi...Maman. En vérité, malgré tout mon amour pour elle et toute mon admiration pour ce qu'elle fait, j'avais besoin de m'éloigner, de mettre de la distance - plus précisément, de mettre une douzaine de pays et quelques océans - entre nous.

Sophie m'offre un autre bonbon.

J'ouvre la bouche et elle me nourrit. Incapable de résister à la tentation, j'embrasse le bout de ses doigts. Elle me fixe du regard, en mordant sa lèvre inférieure.

Soudain, plus rien ne compte. Tout ce que je veux, c'est être seul avec elle dans ma chambre. Ou dans sa chambre. Ou n'importe où nous ne serons pas dérangés. Sans match demain, ni même d'entraînement le matin - Lucas nous a donné deux jours de congés - je prévois de lui donner du plaisir jusqu'à ce qu'elle me supplie d'arrêter. Vu la manière dont elle me dévisage maintenant, elle ne sera pas contre mes projets.

Le sac à main de Sophie sonne.

Elle sort son téléphone et me lance un sourire d'excuse.

—C'est mon père. Il faut que je réponde.

Pendant qu'elle est dehors, je vais voir Uma et Sam. Le garçon déclare que j'ai bien joué, mais que je ne suis pas aussi fort que son père, qui est le meilleur joueur du monde. Uma sourit et lui ébouriffe les cheveux. Hochant la tête pour montrer que je suis d'accord, je cherche Zach du regard. Il est assis à l'autre bout de la table, où il écoute à moitié ce dont Julien parle avec de grands gestes.

Ses yeux sont rivés sur Uma.

Si je ne connaissais pas mieux Zach, je dirais qu'il la mate.

Mais je dois me tromper.

Zach est le parfait gentleman et Uma est une ingénue venant d'un milieu très conservateur, sans famille en France. Elle travaille pour lui. Et c'est la meilleure amie de son coéquipier. Ce sont des lignes qu'il ne franchira pas, si je ne me trompe pas sur lui.

Zach cligne des yeux, comme s'il se réveillait après avoir été hypnotisé et dit quelque chose à Julien.

Je me retourne vers Sam et Uma, honteux. Mon esprit tordu doit avoir mal interprété l'expression de Zach. Il est très protecteur par rapport à son fils. Il devait sûrement fixer Sam du regard, pas Uma.

Lorsque Sophie revient, son sourire est tendu.

—Il y a quelque chose qui ne va pas ? Je demande.

—Non. Elle me lance un drôle de regard. Papa est ici, à Paris. Je suis désolée, mais je dois rentrer.

VINGT

SOPHIE

Papa me lâche après la plus longue étreinte paternelle de l'histoire de la famille Bander. Pas étonnant, vu que c'est notre plus longue séparation jusqu'à présent.

—J'espère que tu n'as pas encore mangé, dit-il en tapotant mes tresses. J'ai réservé une table en bas.

En bas doit vouloir dire le restaurant de l'hôtel.

Avec tous les verres que j'ai bus et les bonbons Haribo que j'ai avalés cet après-midi, je n'ai pas faim, mais je ne vais pas gâcher la soirée de Papa en refusant son invitation.

—À quelle heure ?

—Maintenant.

—Super, dis-je. Allons-y.

—Alors, tu aimes bien vivre et travailler à Paris ? me demande Papa une fois que nous sommes installés.

Je souris.

—J'adore.

Il n'a pas l'air très content.

—Sophie, dit-il d'un ton qui n'annonce rien de bon pour moi. Je ne vais pas tourner autour du pot. Je suis inquiet.

—Et c'est pour ça que tu es venu ?

Il hoche la tête.

Je chipote avec les aliments dans mon assiette, en attendant que Papa continue.

—Comment va Catherine ? Il demande.

Tu essaies de gagner du temps, hein ?

—Maman va bien. Elle a obtenu le poste qu'elle voulait, donc elle est contente.

—Tant mieux, dit-il. Elle voit quelqu'un en ce moment ?

Je lève les yeux de mon assiette. Papa a le visage impassible, mais je détecte de l'émotion dans son regard et un peu d'angoisse dans sa voix.

Intéressant.

—Non, je réponds. Elle ne voit personne. Pourquoi tu me demandes ça ?

—Je suis juste curieux.

N'attache pas trop d'importance à cette remarque, Sophie.

Ça fait presque dix ans qu'ils ont divorcé et je ne me rappelle plus du nombre de fausses alertes et de rêves brisés liés à leur réconciliation. Ça n'aura tout simplement jamais lieu.

Maman adore son travail de critique de cinéma, surtout maintenant qu'elle a été embauchée par le plus grand quotidien du pays. Quand elle habitait avec nous à Key West et que Papa l'appelait Cat, elle avait envoyé des revues de film à des dizaines, peut-être même des centaines de journaux, mais son anglais n'était pas assez bon pour lui permettre de s'exprimer avec la même élégance vive qu'elle a en français. Elle avait travaillé dans d'autres domaines, mais elle avait tout détesté. Elle avait essayé d'être mère au foyer et elle avait aussi détesté. Ses parents et ses amis lui manquaient. Elle haïssait le temps des Keys dix mois sur douze.

Pendant ce temps, la société de Papa se développait et lui prenait de plus en plus de temps chaque année et Maman devenait de plus en plus triste et renfermée. Son docteur lui avait prescrit des anti-dépresseurs, mais ça ne l'avait pas vraiment aidée. Avec le recul, je ne pense pas que Maman était déprimée. Elle n'avait simplement jamais réussi à se sentir chez elle à Key West.

Quand j'ai eu quatorze ans, elle annonça qu'elle devait repartir en France, sinon elle deviendrait folle. Elle supplia Papa de la suivre. Il refusa.

Les disputes qui s'ensuivirent cette année-là ! Il lui disait qu'elle était capricieuse et irresponsable de lui demander d'abandonner une société en plein développement et de me déraciner, juste parce qu'elle n'aimait pas le putain de temps. Elle le traitait d'égoïste et insensible, puisqu'il ne pouvait pas voir qu'il s'agissait d'une question de survie pour elle.

Après des mois et des mois de disputes, ils finirent par accepter de ne pas être d'accord. Maman repartait en France, Papa restait où il était et ils m'ont demandé de choisir.

Tu parles d'un choix impossible.

Au bout du compte, je suis restée avec Papa. Mais ce n'est pas que je l'ai choisi lui, plutôt que Maman. Je choisissais ce que je connaissais et j'adorais, plutôt que l'inconnu. J'aimais mon école et mes amis, notre grande maison sur Elizabeth Street, les programmes à la télé, le club de pom-pom girls, la plage...

—Votre fille ? Quelqu'un à la table sur notre gauche pose une question à Papa et interrompt mes souvenirs.

Une femme élégante qui doit avoir dans les quarante-cinq ans jette des regards allant de moi à Papa.

Il hoche la tête.

La femme lance un sourire coquet à Papa.

—Elle est superbe, comme son père.

Je l'observe de plus près. Blonde, mince et soignée, elle est clairement en train de flirter avec Papa. Son amie, une brune ronde, qui doit avoir à peu près le même âge, scrute les mains de Papa pour voir s'il a une alliance.

Je souris poliment, en faisant tout mon possible pour ne pas lever les yeux au ciel.

Cela arrive tout le temps. Papa se fait toujours aborder par des femmes de tous les âges, couleurs et tailles. Il est bien conservé, même *très* bien, mais ce n'est pas tout. Il a un petit air de Denzel Washington ; assuré et fort avec une petite touche d'intensité et un sourire encore plus petit, masqué dans les coins de la bouche.

Ça fait des ravages dans le cerveau des femmes.

Bizarrement, on dirait que ça ne le touche pas. Depuis le divorce, il est sorti avec plusieurs personnes et a même eu quelques relations de courte durée, mais rien de sérieux. Lorsque je lui en parle, il dit qu'il n'a pas le temps et qu'il est déjà marié, à son travail.

—Merci, dit-il à la blonde, puis se détourne d'elle sans un autre regard.

J'étudie son visage.

—Dis-le, Papa. Qu'est-ce qui t'inquiète au point que tu aies eu besoin de t'envoler jusqu'ici, en abandonnant le navire en pleine période de pointe ?

Il étudie son assiette pendant un moment, avant de me regarder dans les yeux.

—J'ai peur que tu décides de rester ici à la fin de ton stage.

—Qu'est-ce qui te fait dire ça ?

—La manière dont tu parles de ce *garçon,* Noé Masson.

—Ce *garçon* a vingt-sept ans, dis-je. Et tu dramatises. C'est juste une amourette d'été...heu, d'été et d'automne. Je n'ai pas changé mes projets.

—Pour l'instant, dit-il. Tu ne les as pas changés *pour l'instant.* Mais je vois ça venir de loin. Tu n'as jamais eu l'air de...d'apprécier quelqu'un à ce point. D'ailleurs, tu n'as jamais *apprécié* quelqu'un avant.

Je fais un signe de la main dédaigneux.

—Ne tire pas de conclusions à la hâte.

Il soupire.

—Bref. L'autre raison pour laquelle je suis en France, c'est que je suis invité à un mariage de la haute société, le week-end prochain. Tu viendras avec moi ?

Je lève un sourcil.

—Je ne savais pas que tu avais des relations avec la haute société ici.

—J'ai de nombreuses relations dans de nombreux endroits dont tu n'es pas au courant, dit-il. Alors, tu viendras ? Je n'ai pas envie d'y aller seul.

—Bien sûr. Je te tiendrai compagnie, Papa. Ce sera

l'occasion de porter la robe de soirée que j'ai amenée, mais que je n'ai pas encore pu mettre.

—Celle que tu as portée pour ta remise de diplôme ? J'adore cette robe, dit Papa.

—Moi aussi.

Quand notre repas est terminé, il marche avec moi jusque chez Maman où je passerai la nuit ce soir. Mon appartement est trop loin et Noé habite de l'autre côté de la ville. En plus, ça serait trop gênant de demander à Papa de me trouver un taxi, pour que je puisse passer la nuit avec un homme. Un homme qu'il désapprouve clairement.

Heureusement pour moi, ce n'est pas le cas de Maman.

—Je ne t'ai jamais vue apprécier quelqu'un à ce point avant, dit-elle à notre conférence impromptue à la table de cuisine.

C'est étrange qu'elle donne une touche positive aux mots que Papa a prononcés avec horreur quelques heures auparavant.

—Ça pourrait ne rien donner.

—C'est vrai. Mais ça pourrait aussi se transformer en quelque chose de beau et de durable. Tu dois laisser la situation se développer.

—Papa s'inquiète et pense je vais abandonner mon avenir pour être avec Noé.

Maman ne dit rien.

—C'est pas ce que toi, tu avais fait ? Je demande avant d'ajouter, Et tu avais fini par le regretter.

Elle soupire longuement.

—Je n'ai jamais regretté d'avoir épousé ton père ou de

t'avoir...Je sais combien toi et Ludwig aimez Key West, mais cet endroit me tuait à petit feu.

Je lui prends la main sur la table et la serre.

—Désolée Maman, je ne voulais pas...

—J'ai vu Ludwig aujourd'hui, dit-elle en m'interrompant.

—Ah bon ?

Ils ne s'étaient pas vus depuis des lustres.

—Les années l'ont épargné, dit-elle en souriant.

—Toi aussi.

—C'est ce que Ludwig semble penser, aussi. Elle pousse une mèche de cheveux derrière l'oreille. Il a dit que j'avais l'air tout aussi ravissante que la première fois où il avait posé les yeux sur moi.

Je n'en crois pas mes oreilles, ou mes yeux.

—Maman, tu rougis.

—Mais non. De toute façon, ça ne veut rien dire.

Je penche la tête sur le côté.

—Qu'est-ce qui s'est passé ? Il est apparu sur le pas de la porte comme par magie ?

Elle rit.

—Non, ce n'était pas aussi spectaculaire. Il m'a appelée et m'a dit qu'il était à Paris dans un hôtel pas loin de chez moi et m'a demandé si je voulais boire un café en hommage au bon vieux temps.

J'attends qu'elle m'en dise plus sur ce *café*, mais elle change de sujet.

Alors que je l'écoute parler du dernier film qu'elle a vu et de la critique qu'elle est en train d'écrire dessus, je ne peux pas m'empêcher de me demander si mes parents ont encore des sentiments l'un envers l'autre.

Il y a une autre chose qui me trotte dans la tête : lequel des pressentiments de mes parents à propos de Noé se réalisera. Notre amourette se transformera-t-elle en autre chose ? Est-ce que je changerai mes projets pour rester en France et être avec lui ? Ou, est-ce qu'il serait prêt à partir à Key West pour être avec moi ?

Oh là là.

Je dois apprendre à vivre dans le moment présent et cesser de faire des plans sur la comète.

On sait très bien que ça ne mène à rien.

VINGT-ET-UN

NOÉ

—Quand reviendras-tu ? Sam me demande.

—Dans deux semaines. Je l'attrape et le pose sur mes genoux à la table du jardin.

Uma sort de la maison avec un plateau sur lequel sont posés trois verres d'eau glacée et trois coupes de glace - normales pour elle et moi et une préparation spéciale faite maison pour Sam. Après avoir joué à chat perché pendant une heure, nous avions bien besoin de ça.

—C'est normal qu'il fasse si chaud à Paris à la fin octobre ? Elle demande.

—Non, il fait beaucoup plus chaud que d'habitude. J'ébouriffe les boucles douces de Sam. Ton père et moi participons à deux tournois importants cette saison, alors nous allons beaucoup partir.

Il fait oui de la tête, le visage sérieux.

—Je sais.

Uma s'assoit en face de nous et fait un clin d'œil à Sam.

—On invitera tes amis, Evan et Mo, à venir jouer pendant que ton papa et Noé voyageront.

Les yeux de Sam s'éclairent.

—En plus, Uma dit, j'ai prévu des sorties pour nous.

Les yeux du garçon pétillent.

—Au cinéma ?

—Oui, mais ce n'est pas tout. Uma se penche en avant. Nous irons aussi au zoo et au cirque.

Sam saute de mes genoux, bondit autour de la table et enlace Uma dans ses bras.

Elle lui embrasse le haut de la tête.

—Écoute, tu veux aller regarder des épisodes de *Diego,* pendant que Noé et moi discutons de choses d'adultes ennuyeuses ?

Il attrape sa coupe de glace et disparaît dans la maison.

Uma montre le verre d'eau plein qu'il a laissé derrière lui et soupire.

—Ses priorités sont claires...Attends.

Elle prend le verre et l'apporte dans la maison. À travers la fenêtre ouverte, je l'entends négocier avec Sam, à propos de la glace, de l'eau et de Diego.

Quand elle revient, je lui demande comment se passent les cours à l'école de broderie. Elle répond qu'elle apprend beaucoup de choses et qu'elle s'y plaît énormément.

—Tant mieux. Je souris et montre la maison du menton. On dirait que ton job à mi-temps se passe plutôt bien aussi.

Elle rayonne.

—Sam est totalement adorable.

—Et avec Zach, tout va bien ?

—Oui. Elle baisse les yeux vers sa coupe de glace.

—Uma ? Je plisse les yeux. Est-ce que tu veux me parler de quelque chose ?

Elle secoue la tête avant de relever son regard vers moi.

—Mais j'ai une question pour toi.

Je me penche.

—Vas-y.

—Sophie ne sait toujours pas qui tu es ?

Ce n'est pas exactement la question à laquelle je m'attendais. Je secoue la tête.

—Pourquoi ? Elle demande.

—C'est compliqué.

Elle prend un air renfrogné.

Je rentre la tête comme si j'avais peur.

Elle pose les mains sur la table.

—Je comprends que tu ne veuilles pas être associé aux d'Arcys et que tu ne veuilles pas que des inconnus connaissent ton vrai nom. Mais, tu l'as dit à Zach. Pourquoi ne pas te confier à Sophie, aussi ? Je suis sûre qu'elle gardera ton secret.

Moment de gêne.

Uma est peut-être innocente, mais elle est loin d'être idiote. Je suis certain qu'elle a bien compris que Sophie est moi sommes devenus plus que des amis. Est-ce que ça la dérange ? Si elle est toujours amoureuse de moi, je ne vois pas comment ça ne pourrait pas être le cas. Mais, elle semble vraiment apprécier Sophie et elle pense qu'elle mérite que je sois honnête avec elle. Et elle a entièrement raison.

—Tu as raison, dis-je. D'ailleurs, j'ai décidé de tout lui dire la prochaine fois que je la vois.

Avec un peu de chance, ce sera la semaine prochaine, vu que son père l'a complètement monopolisée ces derniers temps.

Uma soupire de soulagement.

—Bonne décision.

Le silence s'installe entre nous pendant un moment.

—Tu es allée au dîner de répétition de Raphael ? Je demande. Maman m'avait dit qu'elle voulait t'y amener.

Uma se frappe le front.

—J'allais t'en parler ! J'arrive pas à croire que ça fait déjà une semaine...Elle secoue la tête. Le temps passe clairement plus vite ici qu'au Népal.

—C'est sûr, dis-je.

Elle penche la tête sur le côté.

—Tu viens au mariage demain ?

—Non.

—Tu devrais.

—C'est Maman qui t'a dit de m'en parler ? Je mets les coudes sur la table et me frotte le visage. Elle n'arrête pas de dire qu'on ne peut pas reprocher les choix de Sébastien à Raphael.

—Marguerite a raison. Uma inspire vivement. En tout cas, je me suis bien amusée, à part un moment un peu bizarre.

Je lève les sourcils.

—J'ai entendu une conversation par hasard. Elle se tortille, mal à l'aise. Quelqu'un a appelé Marguerite quand nous étions sur la terrasse. Après qu'elle ait demandé qui appelait, elle a écouté pendant longtemps et puis...

Uma arrête de parler, hésitante.

—Qu'est-ce qu'elle a dit ? Je l'incite à en dire plus.

—Elle a dit qu'elle était ravie d'apprendre que leurs intérêts correspondaient. Elle a demandé à la personne à l'autre bout du fil de la laisser réfléchir et qu'elle rappellerait.

—Sûrement, un donateur potentiel.

—C'est ce que je me suis dit aussi. Uma me regarde bizarrement. Mais lorsqu'elle a rappelé cette personne quelques minutes plus tard, elle a dit : « Je vous appellerai ce soir pour vous parler des détails, mais si mon plan se déroule comme prévu, vous repartirez en Floride avec votre fille. »

Je pousse un cri de surprise.

La personne qui l'appelait était-elle le père de Sophie ? Ont-ils uni leurs forces pour nous séparer ? Ça expliquerait sa visite soudaine et toutes les soirées et diverses activités qui empêchent Sophie de me voir.

Je jette un œil à Uma. On dirait qu'elle est sur le point de pleurer.

—Qu'est-ce qu'il y a ? Je demande.

—Je n'aurais pas dû te le dire. Elle se tord les poignets. Marguerite a toujours été si gentille avec moi, j'ai l'impression de la trahir...Mais c'est juste que ce qu'elle fait n'est pas bien...et injuste pour toi et Sophie.

Je la fixe longuement du regard.

—Uma, je vais être direct. Est-ce que tes intérêts ne sont pas aussi les mêmes que ceux de Maman et du père de Sophie ? Est-ce que tu ne veux pas que Sophie s'en aille ?

Elle cligne des yeux.

—Pourquoi je voudrais ça ? Elle te rend heureux, c'est évident. Et je suis ton amie.

Une ampoule s'allume dans ma tête.

Uma n'est pas amoureuse de moi. Ce n'était qu'une illusion que Maman s'est faite. Elle a vu quelque chose qui n'existait pas, et elle me l'a fait voir aussi, juste par sa seule volonté et sa force de persuasion. Parce qu'elle voulait que son fils préféré épouse la protégée qu'elle avait choisie.

C'est très Marguerite, ça.

Elle parle beaucoup de bienveillance, mais sa bienveillance a un prix - contrôler les vies de ses proches.

—Oh, mon dieu ! Uma se frappe la bouche de la main. Tu crois que je suis amoureuse de toi.

—Je...

Elle secoue la tête.

—Évidemment, je suis sûre que c'est ce que Marguerite t'a dit.

Je ferme les yeux un moment pour réfléchir.

—Maman t'a-t-elle dit que toi, tu es amoureuse de moi ?

—Oui, des millions de fois. Et que tu es la raison pour laquelle je suis venue en France.

—Mais ce n'est pas le cas.

Elle secoue la tête.

—C'était pour l'école de broderie. Et pour échapper à un mariage arrangé sans que mes parents ne perdent la face.

Je passe ma main dans les cheveux.

—Maman t'a-t-elle dit que *j'étais* amoureux de toi ?

Elle hoche la tête.

Ma mâchoire se crispe.

—Ne t'inquiète pas. Uma sourit. Je n'y ai jamais cru. Je suis certaine que tu m'aimes, mais seulement en tant qu'amie. Je ne t'ai jamais vu me regarder comme tu regardes Sophie ou comme...d'autres hommes me regardent.

—Soit dit en passant, j'ajoute, je ne t'ai jamais vue *me* regarder de cette manière non plus.

Elle sourit.

Nous restons silencieux pendant un long moment, puis je me lève.

—Je ferais mieux de dire la vérité à Sophie, avant que son père ne le fasse.

Uma hoche la tête.

—Et s'il te plaît, viens au mariage de Raphael.

—Je viendrais.

Même si ce n'est pas pour me réconcilier avec mes frères, ce sera pour demander des comptes à Maman.

VINGT-DEUX

SOPHIE

Alors que j'admire le lieu du mariage, un somptueux hôtel particulier au cœur de Paris, je me dis que ç'aurait été bien d'avoir mon téléphone pour prendre un selfie. Je l'aurais envoyé à Noé, juste pour l'impressionner. Mais mon téléphone a disparu depuis hier midi. J'ai cherché partout dans le bureau et mon appartement, et je me suis appelée avec le téléphone de Papa, mais rien.

Il a sûrement été volé dans mon sac-à-main pendant le déjeuner.

Mais, ça ne me dérange pas trop. J'avais sauvegardé toutes mes données sur le cloud et le téléphone était un vieux modèle avec un écran cassé. Papa m'a annoncé qu'il allait m'acheter le modèle le plus récent et le plus cool demain. Parce qu'il se sent coupable. Je ne comprends pas pourquoi avoir choisi le restaurant où mon téléphone a été volé fait que la disparation de mon téléphone est de sa faute, mais bon, si M. Bander a besoin d'un prétexte pour choyer sa princesse, je ne vais pas l'en empêcher.

Le maître d'hôtel nous entraîne vers la terrasse où des apéritifs et des amuse-gueules sophistiqués sont servis. Si j'ai bien compris, le mariage religieux a eu lieu hier, en Alsace, où la mère de la mariée est pasteur. Seule la famille et les amis proches étaient conviés. Ce matin, une cérémonie plus importante a été célébrée à la mairie de leur arrondissement et maintenant, c'est le dîner pour un cercle de connaissances plus étendu.

Qui - surprise, surprise - inclut Papa et moi.

Une jolie Française aux alentours de la cinquantaine s'approche de nous avec une petite fille adorable dans les bras.

—Ludwig ! Je suis si heureuse que vous ayez pu venir. Elle hoche la tête vers le bébé. Voici Lily, ma petite-fille, avec la permission des jeunes mariés.

Papa me montre du doigt.

—Voici ma fille, Sophie.

—Ravie de vous rencontrer, Sophie, dit-elle. Je m'appelle Marguerite.

La mère de Noé s'appelle aussi Marguerite. Ça devait être un nom à la mode pour cette génération.

Je souris.

—Enchantée. Et félicitations pour le mariage de votre fils !

—Merci, ma chère. Elle regarde Papa. Je suis heureuse d'être ici, mais je suis aussi impatiente de me remettre au travail.

—Comme je vous comprends, dit-il.

Elle se tourne vers moi.

—Je dirige une fondation caritative. Le responsable et le personnel sont tout à fait compétents mais cependant... Vous voyez, je suis une philanthrope qui met la main à la pâte.

Elle sourit et me regarde de haut en bas.

—Magnifique, dit-elle à Papa, en lui donnant un regard appuyé.

Son hochement de tête est imperceptible, mais tout aussi significatif.

—Absolument.

Pourquoi ai-je l'impression qu'ils me font participer à une sorte de jeu dont ils ne m'ont pas expliqué les règles ?

—Avez-vous rencontré Raphael et Mia ? Marguerite demande.

Je suis son regard jusqu'au superbe couple, entouré d'un groupe d'invités de l'autre côté de la pièce.

—Pas encore, je réponds. Mais j'en suis impatiente.

Une jeune femme un peu garçon manqué avec un appareil photo professionnel autour du cou, arrive vers nous. Juste derrière elle, un homme beau, mais à l'air distant, tient un bébé dans ses bras.

—Veuillez m'excuser un instant ? Marguerite sourit furtivement, puis s'éloigne rapidement.

La femme avec l'appareil photo s'arrête près de nous.

—Bonjour, je m'appelle Diane, la photographe non officielle de ce mariage.

Elle tend la main.

Je la lui serre.

—Chéri, dit-elle à l'homme tenant le bébé. Tu peux te mettre là-bas avec Tanguy pour que je prenne une photo rapidement.

L'homme va à l'endroit désigné et pose.

Une fois qu'elle a terminé, Diane se tourne à nouveau vers moi.

—J'espère que nous pourrons discuter plus tard, quand j'en aurais fini de mes obligations officielles et non officielles.

L'homme raide passe le bébé à une femme d'une cinquantaine d'années, une nounou, je suppose, qui l'amène dans le jardin.

Il tend la main.

—Sébastien d'Arcy.

Je lui serre la main, après Papa.

Papa se tourne vers moi.

—Ce jeune homme est le Comte Sébastien d'Arcy du Grand-Thouars de Saint-Maurice, propriétaire de l'une des entreprises les plus florissantes d'Europe.

Je n'ai jamais vu de comte, ni d'aristocrate, auparavant.

Est-ce que je suis censée faire une *courbette* ?

Nan. Après tout, je ne suis pas devant la Reine d'Angleterre.

Bizarre comme Papa a insisté sur son titre et son nom tarabiscoté. Se pourrait-il qu'il soit tellement impressionné qu'il en ait oublié qu'il était Américain et un « *conch* » de Floride pur et dur en plus ? À Key West, les formalités ne sont pas très prisées. En général, Papa appelle toutes les personnes par leur surnom, quels que soient leur statut ou position.

Il y a autre chose qui me dérange.

C'est la dernière partie du nom à rallonge du comte d'Arcy. Je ne sais pas pourquoi, mais j'ai l'impression de reconnaître ces sonorités...Attendez une minute ! Le château où Noé m'a amenée en septembre s'appelait Thouars-Maurice. Et son propriétaire s'appelait Sébastien. Ça ne peut pas être une coïncidence. J'y crois pas ! Le Compte d'Arcy du Grand-Thouars de Saint-Maurice est Sébastien, le pote de Noé.

Pas croyable !

—J'ai visité votre domaine extraordinaire le mois dernier, je lui dis avec un sourire.

Ses sourcils se lèvent et j'en déduis que Noé ne lui a pas dit qu'il m'avait demandé de lui donner un coup de main pour vendre le bien.

Mais en fait, pourquoi l'aurait-il fait ? Ce n'est pas comme si l'un d'entre nous allait en tirer une commission.

Le Comte d'Arcy ouvre la bouche comme pour dire quelque chose, puis la referme et me sourit poliment.

—Je suis content qu'il vous ait plu. En fait, le domaine est à mon frère.

—À Raphael ?

—Non, mon autre frère.

De plus en plus étrange.

Je suis certaine que Noé avait dit que le propriétaire du domaine était son ami Sébastien, pas le frère de son ami Sébastien. Mais pourquoi diable m'aurait-il menti ? Pourquoi est-ce que quelqu'un prendrait la peine de mentir à propos d'un détail mineur si peu important ?

J'ai dû avoir mal compris.

Mais alors pourquoi ne m'a-t-il pas dit que son ami était un comte ? Sûrement parce que le titre de Sébastien ne signifie rien pour Noé. Il ne définit pas Sébastien aux yeux de Noé.

D'accord.

Ce qui m'embête quand même, c'est pourquoi Noé m'a dit que son ami avait besoin d'argent, alors que clairement, ce n'est pas le cas de Sébastien d'Arcy. Ce n'est peut-être pas la situation de l'*autre* frère de Sébastien. Je demanderai à Noé...

Qui est juste là, à seulement quelques mètres de moi, en train de discuter avec la mariée. Et avec Uma.

Que fait-il ici ? Que fait Uma ici ?

Bon sang, mais bien sûr ! C'est le mariage du frère de son ami. Noé a été *invité.*

Et il a choisi de venir ici avec Uma.

—Pardon, dis-je à Papa et Sébastien en me dirigeant vers Noé.

—Alors, est-ce que je dois t'appeler Dr. Mia Stoll, titulaire d'un doctorat ? Je l'entends demander à la mariée.

—Ça serait un chouia excessif, elle répond.

—Dr. Mia Stoll alors, suggère Uma.

La mariée secoue la tête.

—Trop pompeux.

Noé penche la tête.

—Pourquoi pas simplement docteur?

La mariée sourit.

—Pourquoi pas juste : Mia ?

Noé et Uma échangent un regard et hochent la tête ensemble.

—Oui, docteur.

Je me joins au trio secoué par les fous-rires.

Le sourire de Noé disparaît et il pâlit au moment où il me voit.

—Sophie ! Uma m'embrasse. Je suis contente de te voir ici !

Je marmonne quelque chose. Mia prononce des mots, auxquels je réponds. J'espère que mon autopilote utilise des expressions appropriées au contexte.

Uma passe son bras dans celui de Mia et s'en va avec elle.

Noé et moi nous fixons du regard.

—Sophie, dit-il. J'avais peur que cela se produise...j'ai essayé de t'appeler toute la journée d'hier...

—J'ai perdu mon téléphone.

Il avale sa salive.

—Je suis allé chez toi et j'ai attendu, mais tu n'es pas rentrée...

—Je suis sortie avec mon père et j'ai dormi chez ma mère.

—C'est ce que je me suis dit. Il inspire profondément. Est-ce qu'il t'a dit quelque chose sur moi ?

Un sentiment d'appréhension me serre la poitrine.

—Qu'est-ce que tu veux dire ?

—Alors, je suppose qu'il ne t'a rien dit. Les lèvres de Noé forment une ligne dure. Il t'a juste amenée ici à la place.

Mon menton commence à trembler.

—Je n'ai pas été complètement honnête avec toi, dit Noé.

Je le dévisage et soudain, je *sais.*

Tous les morceaux du puzzle se mettent en place, formant une image qui explique tout.

—Tu *es* l'autre frère du Comte d'Arcy, dis-je.

Il acquiesce.

—Tu es le propriétaire du domaine que tu m'as fait visiter le mois dernier.

Il acquiesce à nouveau.

—Pourquoi ?

Avant de pouvoir répondre, je baisse le ton de ma voix et je dis, moqueuse :

—Je suis Noé Masson, joueur de water-polo et livreur de pizzas.

Les muscles sur son visage sont tellement tendus qu'on dirait qu'ils vont rompre tout moment.

—Pourquoi toute cette comédie ? Je demande.

Il me saisit la main.

—Ce n'était pas une comédie, Sophie. Je *suis* Noé Masson, gardien de water-polo et livreur de pizza. C'est la personne que j'ai décidé d'être.

—Et pourtant, dis-je avec un sourire narquois, ton frère est un comte richissime et tu vaux, toi-même, au moins quinze millions.

Il ne dit rien.

—Tu ne m'as même jamais dit que tu avais un frère, dis-je. Deux frères !

—Je ne voulais pas…il commence.

Je prends une voix masculine à nouveau.

—Je te loue un minuscule appartement et j'aide mon ami à vendre son domaine. Oh non, attends, c'est *mon* domaine ! Ma mère est bénévole pour une fondation caritative. Oh non, attends, c'est *sa* fondation ! Uma n'est qu'une amie. Oh non, attends, en fait c'est ma fiancée avec qui je suis allée au mariage de mon *frère*.

VINGT-TROIS

NOÉ

Oscar me lance un air blessé, suivi d'un grognement frustré, puis d'un long gémissement hululé. Cette séquence particulière signifie : « Pourquoi ne partages-tu pas ton sandwich ? Je pensais que nous étions amis. »

—Tu as grossi, mon pote. Je le caresse. Le véto a dit qu'il fallait faire attention à ton poids.

Oscar gémit un peu plus et file jusqu'au petit espace entre le placard et le mur où il reste longtemps. Au bout d'un moment, il en sort et se dirige directement vers le salon, où il monte sur le canapé pour sa sieste de l'après-midi.

Je me suis toujours demandé ce qu'il faisait dans ce coin. C'est peut-être son lieu de méditation, où il pratique ses exercices de respiration et se rappelle que la vie n'est pas si mal et où il retrouve sa joie de vivre. Il se pourrait aussi que c'est l'endroit où il planque une pile de cartes postales de jolies demoiselles canines qu'il regarde dans

—Non, ce n'est pas ma fiancée ! s'écrie Noé. (
pas ce que tu crois.

Quelques têtes se tournent vers nous.

—Avec toi, rien n'est comme je crois, dis-je.

—Sophie, s'il te plaît, est-ce qu'on peut aller qu
part de privé, que je puisse t'expliquer mes raisoı
m'excuser correctement ?

—Laisse tomber. Je retire vivement ma main (
sienne et regarde autour de moi.

Papa est penché contre le mur près d'une décora
fleurie et il m'observe avec angoisse.

Je cours vers lui.

—Tu peux me ramener chez moi ?

Il hoche la tête et cinq minutes plus tard, no
sommes dans un taxi, en direction de mon appartement.

Lorsque je ne vois plus l'hôtel particulier, je m'essui
les yeux du dos de la main et je me tourne vers Papa.

—Ramène-moi à la maison, à Key West ?

les moments de crise émotionnelle. Quoi qui se passe dans cette cachette, ça marche, parce qu'il en ressort toujours joyeux.

J'aimerais bien avoir un endroit comme ça.

Parce que si je ne suis pas en pleine crise émotionnelle, alors je ne sais pas où je suis.

Sophie n'a pas répondu à mes appels pendant les deux jours après le mariage. Lorsque j'ai appelé à l'interphone de son bâtiment, elle ne m'a pas laissé entrer. Ensuite, je suis parti à Athènes pour un match de la Coupe LEN. L'équipe est restée pendant quelques jours de plus pour visiter l'Acropole et profiter de la vie nocturne locale.

Zach et moi sommes rentrés. Je suis allé directement au bureau de Sophie depuis l'aéroport. Ses collègues m'ont annoncé que ma propriétaire avait résilié son stage et était repartie aux États-Unis pour raisons personnelles. Une jeune femme amicale m'a dit que Mademoiselle Bander avait fait appel à l'agence pour s'occuper de mon bail.

—Je suis là pour vous aider si vous avez besoin de quoi que ce soit, elle m'avait dit, en me donnant sa carte.

—Merci, tout va bien.

En sortant, je me demandais comment elle aurait réagi si je lui avais dit la vérité, qui n'avait pas changé depuis juillet.

J'ai besoin d'embrasser Sophie Bander.

J'en ai tellement besoin que je pense sérieusement à aller à Key West pour essayer d'arranger les choses avec elle. J'ai tout foutu en l'air, ça ne fait aucun doute. Mais j'avais des circonstances atténuantes.

Sophie m'avait toujours dit qu'elle épouserait l'homme des rêves de son père. Elle avait un projet de vie pour son avenir, en tant que magnat de l'immobilier en Floride. Elle repartait à Key West à Noël pour commencer. Ce que nous vivions n'était pas sérieux.

Arrête ton cirque, Noé.

Ce ne sont pas des « circonstances atténuantes ». Ce sont des excuses nulles et pathétiques. En réalité, Sophie avait été honnête et franche avec moi du début à la fin.

Et moi, je lui ai menti.

Tu m'étonnes qu'elle soit furieuse contre moi.

Le problème c'est que je ne peux pas aller à Key West maintenant. Mon équipe a besoin de moi. Pour la première depuis que Lucas a fondé le club, nous avons une véritable possibilité de remporter le titre national. Nous sommes au milieu d'une saison de dingue, engagés dans deux championnats qui se chevauchent, le Championnat de France et la Coupe LEN. Nous nous entraînons plusieurs heures par jour et nous nous déplaçons tout le temps.

J'ai dû arrêter mon job de livreur de pizza.

Lucas nous dit que maintenant que les Nageurs de Paris ont gagné suffisamment de matchs pour être pris au sérieux, il a de grands projets pour le club. Sa première action sera d'embaucher un publiciste qui trouvera des sponsors et des contrats publicitaires pour les joueurs.

Espérons que ça se fasse, et bientôt.

Parce que je ne vais plus avoir d'argent. Le domaine n'a pas encore été vendu. Tu parles, je n'ai même pas eu le temps d'embaucher un agent. Et même lorsque je le ferai, je n'ai pas l'intention de conserver le fruit de la vente. En supposant que l'estimation de Sophie est correcte, la majorité des quinze millions ira à la fondation de Maman, comme prévu. Il y aura aussi une énorme taxe à payer et peut-être même des frais d'avocat si Sébastien conteste la vente.

Ce qu'il pourrait faire, vu qu'il est si attaché à la préservation du patrimoine d'Arcy.

Est-ce que c'est une si mauvaise chose que ça ?

Je sursaute à cette pensée venue de nulle part. Quoi que, ce n'est pas tout à fait vrai. Depuis que Sophie et moi sommes allés en Bourgogne, mon esprit n'arrête pas de faire apparaître des images de vignes taillées, de la vue du parc depuis le Salon Bleu et de Sophie ébahie devant la grandeur délabrée du château.

—Cet endroit est magnifique, évidemment, pas juste de l'extérieur, elle avait dit alors que nous partions. Il a une belle âme. J'espère que le nouveau propriétaire le verra et l'aimera comme il le mérite.

Quelqu'un sonne à la porte, alors que j'avale le dernier morceau de mon sandwich. Oscar se réveille un instant, puis referme ses yeux. Il a une confiance totale dans ma capacité à m'occuper de l'intrus.

Ça doit être Maman.

Elle va m'amener à un « chouette » nouveau restaurant qu'elle a découvert dans le quartier et c'est pour ça que je viens de manger un sandwich. Les « chouettes » restaurants de Maman sont souvent du genre à servir des portions magnifiquement présentées, mais minuscules, qui me laissent toujours sur ma faim.

Je laisse Maman entrer, en jetant un œil à ma montre. La réservation est pour 19 heures. Donc, j'ai une bonne heure pour lui poser les questions qui me démangent depuis le mariage de Raphael.

Elle se dirige dans le salon et s'assoit le plus loin possible d'Oscar. Elle dit qu'il est trop dépenaillé. Elle n'a pas tout à fait tort.

—Tu as invité M. Bander au mariage de Raphael, juste pour qu'il amène Sophie et qu'elle découvre la vérité sur moi, dis-je sans préambule.

Elle me regarde longuement.

—Tu n'aurais pas dû lui mentir.

—Tu as raison, je n'aurais pas dû. Et tu n'aurais pas dû t'en mêler, ou tu aurais dû me conseiller de tout lui dire. Mais à la place, tu t'es servie de moi pour faire avancer tes projets.

—J'avais tes intérêts à cœur, dit-elle. Et c'était la même chose pour Ludwig qui était très inquiet que sa fille unique ruine son avenir.

—En étant avec moi ?

—En abandonnant ses rêves pour une amourette.

C'était plus qu'une amourette, je brûle de lui dire.

Sinon, pourquoi est-ce que mes sentiments se renforceraient chaque jour et chaque semaine, au lieu de s'estomper ? Pourquoi est-ce qu'être avec Sophie me semblerait si parfait, comme si j'avais trouvé la femme qui était faite pour moi ?

Mais je reste silencieux, craignant que dire ces choses à voix hautes rende le départ de Sophie encore plus dur à supporter.

—Au fait, dit Maman, je suis contente que ta petite peccadille ait conduit Ludwig jusqu'à moi. Quel homme merveilleux et droit ! Il croit autant dans les œuvres caritatives que moi. Je suis certaine qu'il fera un don important à ma fondation sous peu.

—Sans aucun doute. Je plisse les yeux vers elle. Et donc à vous deux, vous avez trouvé la solution géniale au problème que Sophie et moi avions créé.

—Ne sois pas si cynique, dit Maman avant de minauder : Je dois dire que notre solution *était* géniale de simplicité et d'efficacité.

—Non, mais tu t'entends ?!

Elle hausse les épaules.

—Je n'ai rien fait de mal. Sophie est gentille, mais ce n'est pas la fille pour toi.

—Parce que *tu* sais qui est la fille pour moi.

—Eh bien oui, je le sais. Elle lève un sourcil. Uma.

Évidemment.

Le regard de Maman s'adoucit.

—Elle t'aime.

—Oui, dis-je. En tant qu'ami.

—Ne sois pas bête.

—Elle me l'a dit elle-même.

Maman cligne des yeux, manifestement troublée.

—Ce n'est pas possible.

—Et pourtant si. Maman...je comprends que nous paraissions parfaitement assortis, mais nous ne sommes pas attirés l'un par l'autre.

—Tu dis juste ça pour me blesser. Elle arrange ses jambes et lisse sa jupe. Tu es contrarié.

Le sarcasme me tord la bouche.

—Non, sans blague.

—Tout ce que je voulais, c'était ton bonheur.

—Ça ne t'es pas venu à l'esprit de me demander si je n'avais pas déjà trouvé le bonheur avant de le détruire ?

Elle cligne à nouveau des yeux.

—Tu sais quoi, Maman, tu devrais commander des marionnettes pour la fondation et commencer des spectacles.

Elle se tortille, mal à l'aise.

—Je ne pense pas que ce soit une priorité pour les enfants que nous aidons.

—Ça ne sera pas que pour eux...ça sera surtout pour toi. Tes marionnettes feront *exactement* ce que tu veux qu'elles fassent. Et tes spectacles - chacun d'entre eux - se terminera exactement comme tu veux qu'il se termine.

Elle lève une main tremblante et se frotte la tempe gauche, une expression de souffrance sur le visage.

Une migraine.

C.-à-d. mon signal pour que je m'excuse et que je revienne sur tout ce que j'ai dit, parce que je viens juste de réaliser qu'elle a raison. Parce que c'est comme ça que nous fonctionnons.

Mais c'est fini.

Aucun d'entre nous n'émet un son pendant un moment.

Puis, Maman cesse de frotter sa tempe et me fixe dans les yeux.

—Je t'aime, Noé. S'il te plaît, crois-moi lorsque je te dis que tout ce que j'ai fait était dicté par l'amour.

—Oh, je te crois. Je hoche la tête vigoureusement. Mais il y a un problème. Ton amour m'a rendu amer. Il a empoisonné ma relation avec Séb et Raph, et maintenant avec Sophie aussi. Je dirais qu'il y a quelque chose qui ne va pas avec ton amour.

Elle renifle et s'essuie les yeux.

Mais pas cette fois-ci.

—Ton amour est cassé, Maman, dis-je. Il a besoin de sérieuses réparations.

Elle se lève et sort en trombe de l'appartement.

Je ne tente pas de l'arrêter.

Mes pensées retournent plutôt au château. Plus j'y pense, moins je comprends pourquoi je n'ai pas apprécié l'enthousiasme de Sophie pour le domaine. Elle ne faisait qu'être elle-même. Sincère et authentique. D'une honnêteté rafraîchissante. Frappée par quelque chose d'exceptionnel, sans avoir peur de le dire.

Est-ce que cela n'est pas mille fois préférable à l'hypocrisie ?

VINGT-QUATRE

SOPHIE

Regarder le soleil se coucher dans le Golfe du Mexique, le ciel illuminé de teintes de violet et d'orange, me fait penser à la vue sur le parc du château de Noé. J'avais annoncé que c'était la plus belle vue du monde, encore plus magnifique que les couchers de soleil de Key West. Je m'étais extasiée sur le château et son domaine, et j'avais même déclaré que j'aurais tout fait pour mettre la main dessus. Y compris me marier avec quelqu'un envers qui je n'éprouvais aucun sentiment profond.

La honte.

Cette conversation est, sans aucun doute, l'épisode le plus mortifiant de ma vie. À chaque fois que j'y pense, j'en ai les joues qui brûlent. Pourquoi, non mais pourquoi, j'ai dit ces trucs ?

J'essayais juste de gagner le débat.

Et apparemment, il a reçu le message.

Avec un soupir, je me pousse du milieu de la

banquette vers le côté du bateau, en espérant que les amis de Doug, Tim and Rosalind, ne remarqueront pas mes joues enflammées.

—À quoi tu penses, baby ? Doug m'interpelle de derrière le gouvernail. C'est beau, hein ?

Je ne me rappelle plus le nombre de fois où j'ai presque demandé à Doug de m'appeler *bébé*. Il le ferait sûrement en hommage à mon côté français. Mais il y a un risque que de l'entendre dire *bébé* ne fasse qu'empirer les choses pour moi. Essayer d'oublier Noé est déjà assez difficile, je n'ai pas besoin d'un rappel quotidien de ce qu'il me murmurait quand nous faisions l'amour.

Ça ne fait que deux mois, mais j'ai l'impression que mes vacances parisiennes se sont terminées il y a une éternité. En même temps, il me semble que ce n'était qu'hier.

—Le coucher de soleil ou ton bateau ? Je demande à Doug en tournant la tête pour lui décocher un grand sourire.

Rosalind et Tim gloussent.

—Le bateau, Doug sourit à son tour, très fier de son nouveau yacht étincelant.

—La meilleure vue du monde ! Je m'écrie.

Dire que j'étais une fille incapable de mentir quoi qu'elle fasse.

Cette fille a disparu.

Le nouveau moi a grandi et a tout compris.

Démonstration.

—Hé, j'ai un peu la nausée, dis-je à Doug. Tu pourrais me ramener au ponton ?

Il me lance un regard du style « oh, ma pauvre chérie ».

—Bien sûr. Ça te dérange si nous continuons sans toi ?

—Pas du tout !

Ça, ce n'est pas un mensonge. Les amis de Doug sont bien gentils, mais nous n'avons aucun intérêt en commun et rien du tout à nous dire.

Avec Doug, au moins je peux parler business.

De retour chez moi - j'ai de nouveau emménagé chez Papa, jusqu'à ce que je trouve un nouvel appartement - je me prépare un cranberry cooler et je m'assois sur le porche.

Quand j'ai bu la moitié de mon verre, mon téléphone sonne dans ma poche. C'est Noé. Je ne réponds jamais quand il m'appelle, en me disant que ce sera sa dernière tentative. Mais ça fait huit semaines qu'il continue, parfois quotidiennement et il ne donne pas signe de vouloir s'arrêter.

Papa dit que je devrais juste bloquer son numéro. Il a raison, c'est ce que je devrais faire.

Je réponds à l'appel.

—Sophie ? Il a l'air incrédule.

—Oui. J'ai répondu pour te dire d'arrêter de m'appeler.

Vous voyez ? Je mens tellement bien maintenant, ça fait peur.

En fait, j'ai répondu pour entendre le son de sa voix. Et aussi, parce que c'est si difficile d'arrêter de penser à lui, d'oublier ses yeux, son sourire, quand nous étions au lit...

—J'arrêterai de t'appeler si c'est ce que tu veux vraiment, dit-il. Mais s'il te plaît, écoute-moi en premier ?

Je soupire.

—C'est bon, Noé. Je ne suis plus en colère. Tu m'as caché des choses, parce que tu n'avais aucune raison de les révéler. Nous n'étions pas dans une relation sérieuse.

—C'est vraiment ce que tu penses ?

—Oui et je pense que mon départ mélodramatique du mariage de ton frère était complètement ridicule. J'espère que tu n'avais pas grand-chose à expliquer.

—Tu as changé, dit-il.

—Eh bien, tant mieux. Et toi ? Tu as vendu le domaine ?

—J'ai donné mon fonds en fiducie à la fondation de Maman et j'ai gardé le domaine.

—Que vas-tu faire avec ?

—Séb et Raph vont m'aider pour couvrir les rénovations et l'entretien initial.

—Ah bon, Séb et Raph ? Les frères que tu détestais tant que tu ne m'as même pas parlé de leur existence.

Il y a un bref silence, puis il dit :

—C'en est fini pour moi de détester.

Tant mieux pour toi.

—Comment se passe le championnat ? Je demande.

—Nous avons détruit Bordeaux et Nancy et réussi à battre Marseille, ce qui a surpris tout le monde, vu qu'ils dominent tellement le championnat. La semaine prochaine, nous allons à Strasbourg pour la finale.

—Bonne chance.

—Merci, j'en aurai besoin. Il hésite. Pas seulement pour le match, mais pour...tout. Le livreur de pizza a maintenant un énorme domaine, un château délabré et un vignoble qui n'est pas rentable en l'état. Je ne sais pas du tout par où commencer.

—Embauche un gestionnaire ou fais venir un associé.

—C'est à ça que j'ai pensé.

—Arrête d'y penser, agis.

Il rigole.

—Ça m'a fait plaisir de te parler..., je commence à dire.

—Voudrais-*tu* être mon associée et diriger tous les super projets dont tu as eu l'idée en Bourgogne ?

Waou.

—Merci de ton offre, dis-je, mais je vais dire non.

—Sophie, je...

Cette fois-ci, c'est à mon tour de l'interrompre.

—Je suis sur le point de recevoir une demande en mariage.

—De qui ?

—Un très gentil homme d'ici, notre plus gros concurrent, en fait. Enfin, ex-concurrent, maintenant.

—Et ton ex-concurrent a-t-il noté une date sur ton calendrier ? Il demande, la voix pleine de sarcasme.

—Eh bien oui. Samedi prochain, à *Louie's Backyard.*

Franchement, je ne sais pas pourquoi je lui donne la date et l'heure. C'est pas comme s'il allait prendre un avion de Paris pour venir me *sauver.*

De toute façon, je n'ai pas *besoin* d'être sauvée.

Il y a une pause, avant que Noé ne reprenne la parole.

—Je suppose que tu as l'intention de dire oui.

—Carrément.

J'ai vraiment l'intention de dire oui, malgré mes crises

de panique au milieu de la nuit, les doutes qui m'assaillent et le fait que je sais que je n'éprouverai jamais pour Doug les sentiments que j'éprouve...que j'*éprouvais* pour Noé.

—Ce n'est pas un peu tôt pour te demander en mariage ? Il demande. Ça ne doit pas faire beaucoup plus de deux mois que vous sortez ensemble.

—Pourquoi attendre ? Doug et moi sommes parfaitement assortis, personnellement et professionnellement.

Sauf que mon corps refuse toujours de lui donner plus qu'un petit bisou occasionnel sans langue.

C'est le retour à la frigidité pour moi.

Doug dit que ça ne le dérange pas. Il prétend que mon côté « sage » est l'une des choses qu'il aime chez moi. Je ne lui ai jamais dit pourquoi je suis revenue de Paris plus tôt que prévu, mais il a trouvé une explication tout seul. Cette ville était trop décadente pour Sophie Bander. Doug est extrêmement fier de sortir avec la femme la plus coincée de Key West.

L'image de la tête blonde de Noé entre mes cuisses écartées avec mes doigts fouillant ses cheveux souples pour le guider défile devant mes yeux.

C'est difficile de croire que cette femme c'était moi.

Mais ce qui s'est passé à Paris, reste à Paris.

—Une fois, tu m'as dit, commence Noé, que tu évitais les sentiments parce qu'ils embrouillent ton jugement.

—Et alors ?

—Tu ne vois pas que c'est ce qui t'arrive maintenant ? Tu laisses un sentiment brouiller ton jugement. Et ce n'est même pas un bon sentiment.

—De quoi tu parles ?

—De la colère.

Je ne dis rien.

—Tu es toujours en colère contre moi, dit-il. Et tu veux me faire autant de mal que je t'en ai fait.

—Ça n'a rien à voir avec toi ! Je me fiche de toi maintenant. Je vais épouser Doug parce que c'est le genre d'homme avec qui j'ai toujours voulu finir.

—Écoute-moi, *bébé.* Ne fais pas les mêmes erreurs que moi. J'ai laissé la colère me guider pendant des années, mais les choses n'étaient pas aussi noires et blanches que le croyais. Les méchants avaient des circonstances atténuantes et la sainte…n'étaient pas aussi parfaite que ça.

—Alors, tu t'es retourné contre Marguerite ?

—Bien sûr que non. Je l'aime toujours et j'admire son engagement envers son œuvre. Mais je ne suis plus l'outil de sa vengeance.

—Je suis bien contente de le savoir, dis-je.

—*Bébé…*

—Prends bien soin de toi, Noé.

Et sur ce, je raccroche.

VINGT-CINQ

NOÉ

La première chose que je vois quand je sors de l'avion est un énorme panneau sur le terminal passager : BIENVENUE À LA RÉPUBLIQUE CONCH.

Je souris.

Sophie m'avait expliqué comment Key West avait réussi à faire « sécession » des États-Unis pour protester contre quelque chose dans les années quatre-vingts. Je savais que les locaux aimaient leur fausse indépendance, mais je ne m'attendais pas à voir un panneau à l'aéroport.

L'autre surprise c'est qu'il ne fait pas aussi chaud que ce à quoi je m'attendais. En même temps, *c'est* la mi-décembre.

C'est presque l'*hiver.*

Après la douane, je me dirige vers la file de taxis. L'hôtel que j'ai réservé est excentré et cher, mais c'est le prix à payer pour une réservation de dernière minute. Et ne parlons même pas de mon billet en classe affaires, je n'ai jamais autant payé pour un vol en avion. En fait, pour rien. J'ai vidé mon compte épargne et je suis à découvert, mais je n'ai pas touché au compte pour la rénovation du domaine que Séb et Raph ont ouvert.

Ça m'aurait mis mal à l'aise.

Dans le taxi, je donne l'adresse au chauffeur. Quelque chose à l'air de l'amuser, mais il met mon sac dans le coffre et part.

Exactement une minute plus tard, le taxi s'arrête devant le jardin d'une grande maison en bois où un panneau indique que nous sommes arrivés à *Marnie's Bed and Breakfast*.

J'aurais mis cinq minutes à pied pour venir ici.

—Vingt dollars, dit le chauffeur en montrant la grille tarifaire collée à l'extérieur de la voiture.

Je paye, prend mon sac et me dirige vers l'entrée du bed-and-breakfast. Dans ma vision périphérique, je remarque quelque chose de bizarre à quelques mètres sur ma gauche. C'est une statue d'iguane que quelqu'un a placée sous le palmier.

Ça doit être la version locale du nain de jardin.

L'iguane penche sa petite tête et se précipite sur le tronc pour disparaître dans les frondes de l'arbre.

Noé, tu n'es plus à Paris.

Après m'être enregistré à l'accueil, avoir pris une douche et enfilé des vêtements propres, il fait déjà nuit.

—Nous sommes loin de *Louie's Backyard* ? Je demande au type à la réception.

—Vingt minutes en voiture. Vingt-cinq maximum.

—Vous pourriez m'appeler un taxi ?

—Je viens d'essayer pour un autre client, dit-il, mais

l'attente est d'environ trente minutes. Il y la Convention des Éleveurs de volailles.

—Tant pis, j'irai à pied.

—C'est trop loin pour y aller à pied, dit le réceptionniste, vous pourriez louer un de nos vélos.

Je pourrais et c'est ce que je fais.

Au point où j'en suis, chaque instant gagné, même si ce n'est que cinq minutes, pourrait changer ma vie.

Le réceptionniste me donne des directions, ainsi qu'un casque et un cadenas et me laisse partir.

Ce n'est qu'une fois que je roule dans la nuit le long d'une bande étroite entre l'océan et l'autoroute, les yeux plissés en raison du vent et de la pluie, que j'admets que j'aurais dû marcher.

Ce n'est pas le vélo qui pose problème, c'est moi.

Je suis le maillon faible, épuisé par deux vols consécutifs et pas assez de nourriture. Le réceptionniste avait dit que ce serait un jeu d'enfant.

—Il suffit de rouler le long de la mer, de passer devant *l'AIDS Memorial, Higgs Beach* et *Casa Marina*, jusqu'à ce que vous voyiez *Louic's Backyard*.

Peut-être que plutôt de lui faire confiance, j'aurais dû demander une carte ou, au moins, la description de l'*AIDS Memorial*. Mais maintenant, je roule à l'aveuglette, séparé de l'océan à gauche par une glissière de sécurité basse et de la route sur ma droite par rien. Je n'ai aucune idée d'où je suis.

Soudain, ma roue avant rencontre un obstacle, et je fais un salto avant au-dessus du guidon et par-dessus la glissière.

Merde !

Au moins, je ne vais pas me noyer, je me dis pendant ma chute.

Boum ! Splash !

Je ne me noie pas, mais ce n'est pas parce que je suis nageur professionnel.

C'est parce que mes fesses heurtent le fond sablonneux de l'océan et je tombe sur le côté.

L'eau est si basse qu'elle me couvre à peine, même lorsque je suis couché.

Je me redresse en position assise et je ris, me sentant à la fois soulagé et ridicule de m'être attendu à un plongeon plus grave.

Lorsque j'ouvre la porte de *Louie's Backyard*, je suis complètement trempé et j'ai mal un peu partout. Est-ce que j'ai dit qu'il était neuf heures du soir ?

Je vois Sophie à une table à côté de la fenêtre, avec un homme soigné autour de la trentaine. Il y a deux assiettes à dessert vides sur la table, l'addition et des pièces de monnaie.

Merde !

Il a déjà dû lui faire sa demande en mariage.

—Salut, je leur dis avant de tourner mon regard sur Sophie. On peut parler ?

—Noé ! Elle tente de se lever, mais se renfonce dans sa chaise.

L'homme me dévisage.

Je fixe Sophie du regard. Mes cheveux et mes vêtements dégoulinent d'eau pour former une flaque par terre. Ma seule préoccupation est de savoir si j'arrive trop tard ou si je peux convaincre Sophie de ne pas se marier avec ce type. Il se tourne vers elle.

—Qui est-ce ?

—Quelqu'un que j'ai rencontré à Paris, dit-elle, sous le choc.

Il étudie son visage.

—Tu veux que je lui *demande* de partir ?

Le ton de sa voix implique clairement un potentiel de violence, si jamais je refusais d'obtempérer.

Mon pote, je suis peut-être trempé, mais je suis plus costaud que toi.

Mes yeux sont fixés sur la bouche de Sophie. Dieu qu'elle m'a manquée !

J'espère qu'elle va dire « non » à son prétendant. Je prie pour qu'elle ne me dise pas « sors d'ici » !

Sophie lui lance un tout petit sourire.

—Excuse-moi, Doug. Noé et moi avons encore quelque chose à régler.

Elle se lève.

Doug se lève aussi.

—Tu en es sûre ?

Elle hoche la tête.

—Appelle moi s'il essaye le moindre truc, dit-il.

—Oui. Elle avance à grands pas vers la sortie.

Je la suis. Une fois dehors, elle continue à marcher vite. J'adopte la même cadence et je me range à côté d'elle. Dix minutes plus tard, nous sommes sur une plage vide.

Elle s'assoit en se serrant les genoux et lève les yeux vers moi.

Je m'effondre à côté d'elle.

—Parle, dit-elle, le regard fixé sur l'océan.

—Est-ce que tu as dit oui à Doug ?

Elle continue de regarder droit devant.

—Qu'est-ce que ça pourrait faire si j'ai dit oui ?

Merde.

Je me prends la tête dans les mains.

—J'ai dit non, dit-elle dans un soupir.

Je me tourne vers elle.

Maintenant, elle me regarde et même dans le noir, je vois le trouble qui traverse ses yeux.

—Je suis débile, dit-elle. Doug est vraiment un beau parti.

—Alors pourquoi as-tu dit non ?

—Je ne peux pas m'imaginer...faire l'amour avec lui.

Impulsivement, je saisis sa main.

—Je t'aime, Sophie.

Elle cligne des yeux.

—Et ta merveilleuse Uma dans tout ça ?

—Elle est toujours merveilleuse et le sera toujours. Je lève sa main jusqu'à mes lèves. Mais elle n'a pas d'effet sur mon rythme cardiaque ou sur la dureté de ma queue.

J'appuie mes lèvres sur le dos de sa main, me rappelant sa peau. *Ooh, quel bonheur.* Retournant sa main, j'embrasse l'intérieur de sa paume, son poignet, ses doigts.

—Tu n'étais pas censé être à Strasbourg maintenant ? Elle demande.

—J'aurais dû, et pourtant je suis ici.

Elle fronce les sourcils.

—Mais c'est la finale, l'opportunité de gagner cette médaille d'or dont tu rêves...

—Il y a un remplaçant pour chaque joueur, y compris moi. C'est pas grave.

Le pli entre ses sourcils se creuse.

J'expire longuement.

—D'accord, la vérité. Ils pourraient perdre. Et dans ce cas, ils me détesteront. D'ailleurs, ils me détestent déjà. Je me déteste de les avoir laissés en plan comme ça.

—Tu n'aurais pas dû !

Je plonge mon regard dans ses yeux expressifs.

—Je n'ai aucun regret Sophie. Si tu veux bien me laisser une autre chance, je laisserai tout tomber pour toi et je viendrai habiter ici.

Ses yeux s'écarquillent.

—C'est vrai ?

—Sans aucune hésitation.

Elle penche la tête sur le côté, l'air toujours préoccupé.

—Peut-être que je pourrais trouver un club de water-polo par ici, dis-je en lui faisant un clin d'œil. Ou une pizzeria qui a besoin d'un livreur.

Elle se rapproche de moi et regarde dans mes yeux.

—Tu ferais vraiment ça pour une deuxième chance avec moi ?

Je hoche la tête.

Ses lèvres s'ouvrent légèrement.

Je me penche en avant et je les prends. Douces, pleines, chaudes. Tenant son visage, je lèche ses lèvres. Elle les écarte pour me laisser entrer. *Nom de dieu, ce goût !* Je le déguste, en poussant ma langue plus profondément. J'ai soif d'elle. Cinquante-sept jours de besoin de ça, de la désirer, de me réveiller avec une érection monumentale, furieux d'être réveillé du rêve où je pouvais la tenir.

Je ne vais plus jamais me passer de Sophie aussi longtemps que ça.

Jamais.

Lorsque nous rompons notre baiser pour reprendre notre respiration, elle appuie son front contre le mien et murmure :

—Je reviendrai en France avec toi.

Je me recule et étudie son visage, incrédule.

Elle sourit.

—Tu en es sûre ? Je demande.

Elle hoche la tête.

—Je t'aime.

Je la prends dans mes bras et je l'embrasse à nouveau, avec avidité.

Quelques instants plus tard, elle se recule. Il y a un mélange de surprise et d'euphorie dans ses magnifiques yeux, alors qu'elle guide ma main sous le bord de sa robe.

Du bout des doigts, je frôle l'intérieur de sa cuisse, jusqu'à toucher le tissu de sa culotte. Qui est humide. J'applique un peu plus de pression, en faisant glisser mes doigts un peu plus loin.

Le tissu n'est pas juste humide, il est trempé.

Si nous n'étions pas sur une plage publique, je baisserais la fermeture de mon jean, je la poserais en travers de mes cuisses et je la pénétrerais comme un dingue.

—*Bébé*, je murmure, en passant un doigt sous la culotte et dans sa fente chaude et glissante.

Ses yeux basculent vers le ciel.

Lorsqu'elle concentre à nouveau son regard sur mon

visage, ses traits ont pris une expression déterminée à laquelle je ne m'attendais pas.

—Il nous faut une chambre.

—On peut aller dans mon hôtel ? Je retire mon doigt.

—Oui. Elle attrape son sac à main et se relève. Allons-y.

Je reste assis, en attendant que mon érection se calme.

Ça prend du temps, surtout que l'envie de Sophie joue des tours à ma volonté.

Mais ce n'est pas grave, parce que l'urgence dans sa voix est satisfaisante en soi. Et pour ce qui est de l'envie dans ses yeux, elle vaut tout l'or du championnat que j'ai perdu en venant ici.

Elle vaut tout l'or du monde.

VINGT-SIX

SOPHIE

Quand nous arrivons enfin dans la chambre de Noé après une marche forcée d'une demi-heure, nous avons tous les deux besoin d'une douche.

Alors, nous la prenons ensemble et un préservatif se joint à nous.

Dès que nous avons lavé la sueur et le sable de nos corps, Noé met le préservatif et me fait reculer contre le mur carrelé. Je gémis sous l'effet de son corps appuyé contre le mien. Il m'embrasse doucement, puis plus fort et il s'applique à nouveau à m'amener au point d'excitation que j'avais atteint à la plage.

Ça ne prend pas beaucoup de temps.

En vérité, je crois bien que je pourrais y arriver en regardant juste sa poitrine musclée ruisselante d'eau ou en le fixant dans ses yeux bleus dans lesquels je pourrais me noyer, dans lesquels je me suis noyée.

Je ne peux plus être sauvée.

Il murmure mon nom, alors qu'il me caresse la poitrine et suce mes tétons durcis. Ses mains parcourent mon corps, frottant, s'agrippant, pressant.

Lorsqu'il plie les genoux pour me soulever haut contre lui, je jette mes bras autour de son cou et mes jambes autour de sa taille. Mon corps se tend de désir alors qu'il dévore ma bouche. Je n'ai plus qu'une pensée, sa queue contre ma chatte et combien je la veux. Tout mon être est lourd, douloureux, me tire vers lui, me supplie de le sentir.

Je suis prête.

Si prête que je suis sur le point d'exploser.

Et c'est exactement ce que je fais, quelques secondes après qu'il se soit enfoncé jusqu'au fond de moi.

Le plaisir de l'orgasme qui me traverse est intense et choquant. Plus rien n'existe dans mon monde hormis cette sensation. Mon corps est connecté à mon esprit profondément, de manière presque surnaturelle, j'en ai le souffle coupé.

Lorsqu'il s'estompe, en me laissant à la fois satisfaite et sur ma faim, je réalise que je viens de ressentir un plaisir que je n'avais jamais connu auparavant.

J'en veux encore - j'ai en encore *besoin* - autant de fois et aussi souvent que Noé le pourra.

—Est-ce que tu viens de...? Il demande, n'osant pas prononcer le mot.

Je hoche la tête.

—Bien joué. Un sourire satisfait s'étale sur son visage.

Je souris aussi.

—Ça ne me dérangerait pas de recommencer.

Il cesse de sourire et me pénètre. Son mouvement est

cinglant et brusque, au contraire de la longue poussée d'avant, mais c'est si délicieusement érotique que j'en ai le souffle coupé.

Il commence à me donner des coups de bélier et je m'accroche de toutes mes forces à son cou, en laissant le plaisir monter en moi. Mes doigts creusent sa chair alors qu'il me pilonne, férocement, s'abandonnant à son propre besoin. Nos corps se tendent ensemble, les muscles raides, le sang palpitant, les cœurs pantelants.

À chaque retrait, je me sens plus vide que jamais. Avec chaque poussée, je suis propulsée plus près d'un autre orgasme.

Lorsqu'il me parcourt de part en part, me faisant crier, Noé grogne et se laisse jouir aussi. Nos voix se mêlent alors que nos corps tremblent de plaisir.

Ensuite, nous nous essuyons et nous installons au lit.

—Un autre ? Il demande, l'air enthousiaste et terriblement content de lui.

—Ça suffit pour ce soir, je suis épuisée.

Il me touche la joue.

—Demain matin, alors.

Il caresse mon visage, lorsque je remarque un petit creux entre ses sourcils.

—Quelque chose ne va pas.

—Ton projet de vie. Il fronce le sourcil. Et ton rêve de devenir l'associée de ton père et les agents immobiliers les plus importants de Floride ?

Je touche le creux au-dessus de sa clavicule et pose ma main sur son cou puissant.

—Tous les bons projets peuvent être ajustés. Je lancerai ma conquête du monde depuis Paris.

Il plonge son regard dans le mien pendant longtemps.

—Et pourquoi ne pas le lancer de Bourgogne ?

—Tu me demandes de gérer le domaine, pour que tu puisses jouer professionnellement au water-polo ?

—Oui.

—J'adorerais, dis-je, mais ça ferait de toi mon patron, ce que…

Il appuie un doigt contre mes lèvres, m'empêchant de parler.

—Je ne te demande pas de t'occuper de *mon* domaine en tant que gestionnaire. Je te demande si tu voudrais bien me faire l'honneur de gérer *notre* domaine, en tant que mon épouse.

ÉPILOGUE

SOPHIE

J'observe le grand hall du Château d'Arcy, rempli de musique, de lumière et de gens -exactement ce pour quoi il a été construit - et je souris, satisfaite.

Les deux derniers mois ont été très chargés pour moi et Noé.

Zach s'était surpassé à Strasbourg, en marquant un nombre incroyable de buts. D'ailleurs, tous les joueurs avaient tout donné pour que le club remporte la médaille d'or. Malheureusement, ils ne pouvaient pas autant se concentrer sur l'attaque que lors des matchs précédents, parce que le gardien remplaçant avait besoin de plus d'aide que Noé pour bloquer les offensives incessantes des adversaires.

Ce n'est pas pour rien que Strasbourg avait gagné l'or depuis trois saisons consécutives.

À la fin de la dernière période, le score était à égalité et l'arbitre avait annoncé une séance de tirs au but.

Dans des circonstances normales, cela aurait été l'opportunité parfaite pour les arrêts non moins parfaits de Noé. Mais à ce moment-là, il se trouvait de l'autre côté de l'océan pour essayer d'arrêter quelque chose de complètement différent.

Son club avait perdu.

De retour à Paris, les Nageurs célébraient encore la médaille d'argent - une première pour la ville - mais l'équipe ne pouvait s'empêcher de penser qu'elle était passée tout près de l'or.

L'entraîneur de Strasbourg avait pris sa retraite à la fin janvier, comme il l'avait annoncé, et Lucas lui avait succédé à la tête de l'équipe nationale.

Le jour après notre atterrissage à Charles de Gaulle, Noé était allé à l'entraînement à la piscine. Il était prêt à se faire sermonner par Lucas et ses coéquipiers et à être renvoyé du club.

Il fut sermonné, mais finalement, Lucas choisit de lui donner une deuxième chance.

—Si jamais tu me refais ça, avait dit l'entraîneur, tu es mort.

Noé avait juré que c'était la dernière fois.

Car il n'avait absolument pas l'intention de refaire une demande en mariage.

Car sa première demande avait été acceptée.

Et c'est pour cela que maintenant, le grand hall est rempli de gens élégants en cette soirée glaciale de la fin février.

Noé et moi célébrons nos fiançailles.

Tout le monde est là.

Ma mère, qui a l'air jeune et séduisante dans sa robe rouge pailletée.

Mon père, grand, beau et si Denzel Washington.

Marguerite, lui faisant les yeux doux.

Un tas de philanthropes et de hauts responsables que Marguerite a invités pour leur parler de la fondation.

Les frères de Noé, Raphael et Sébastien, leur femme, Mia et Diane, les bébés Lily et Tanguy, et des membres de leur belle-famille.

Sue et deux autres de mes amies de Floride.

Uma, magnifique dans un sari brodé d'or et d'argent.

Jacqueline et tout le reste du personnel du château.

Toute l'équipe de Noé et leurs invités.

Les Derzians.

Oscar.

De la musique jazzy joue en fond sonore et plusieurs couples dansent.

Noé est en pleine discussion avec ses frères, avec qui il a passé beaucoup de temps récemment. Raphael dit quelque chose de drôle ou - vu l'expression espiègle sur son visage - quelque chose de coquin et Noé et Sébastien éclatent tous les deux de rire. C'est incroyable comme ces trois-là se sont rapprochés en quelques mois. Évidemment, les deux aînés étaient proches dès le début, mais Noé leur avait à peine parlé depuis que Marguerite l'avait brusquement emmené avec elle au Népal quand il avait huit ans.

Je suppose que les liens du sang *sont* plus forts que tout.

Leur nouvelle relation fait certes plaisir à voir, mais le

trio est aussi un vrai bonheur pour les yeux, Noé étant le plus grand, le plus costaud et le plus blond du lot.

Je devrais vraiment arrêter de reluquer mon fiancé comme ça - j'aurais tout le temps de le faire quand les invités seront partis.

Au prix d'un effort important, je détache mes yeux de lui et cherche la sœur de Diane, Chloé, qui est architecte et revendeuse de biens immobiliers. Je veux lui demander conseil à propos des rénovations que nous prévoyons au printemps.

Alors que je balaie la pièce pour trouver une femme petite qui correspond à sa description, j'aperçois Marguerite se déhanchant vers Papa.

—Ludwig ! Elle lui touche le bras. Enfin, vous voilà.

—Comment allez-vous ? Il demande poliment.

Quand j'avais appris l'implication de Papa dans ce que Noé et moi appelons maintenant le « Complot des Parents », je lui avais fait la tête pendant une semaine.

Et puis, je lui ai pardonné.

C'est mon père après tout.

Je sais qu'il a envoyé un gros chèque au Népal le mois dernier et Marguerite a répondu en écrivant qu'elle aimerait lui montrer à quel point elle est reconnaissante en personne.

Beurk.

—J'ai été très occupée, dit-elle, mais je suis aussi ravie de lancer tous ces nouveaux programmes de santé, de logement et d'alphabétisation, grâce à l'argent qui est arrivé au cours des derniers mois.

—C'est une excellente nouvelle.

—Bon, Ludwig, dit-elle d'une voix rauque. À propos de cette promesse que je vous ai faite dans ma lettre...

—Ah, la voilà, l'interrompt Papa, en faisant un signe de la main à Maman. Cat, par ici !

Une fois qu'elle s'est approchée, il la prend par la main et l'amène à lui.

—*Comment ça va,* Marguerite ? demande Maman avec un sourire tendu.

Le sourire de ma belle-mère est tout aussi sommaire.

—Très bien, Catherine.

—Cat est ma petite amie, dit Papa à Marguerite.

Oh. Mon. Dieu.

Je savais qu'il était sorti au restaurant avec Maman quelques fois, mais le fait qu'il l'appelle sa *petite amie* signifie que la relation ravivée est passée au niveau supérieur.

Un sourire espiègle danse dans les yeux de Papa.

Oh, j'adore ce sourire.

Marguerite se tourne vers Maman.

—Je croyais que vous étiez divorcés.

—Nous le sommes, dit Maman.

Papa porte la main de Maman à ses lèvres.

—J'espère mettre fin à cette malheureuse situation bientôt.

Quoi ?

Je suis foudroyée sur place.

Maman laisse échapper un souffle.

—Est-ce que je suis fou d'espérer ça ? lui demande Papa.

Elle plisse les yeux vers lui.

—Tu me demandes vraiment ce que je pense ?

Il fait oui de la tête.

Elle fait une grimace.

—J'ai peur que nous gâchions tout à nouveau ?

—Nous ne gâcherons rien, dit-il. Je te le promets. Et pour te persuader, je ne suis plus le directeur de mon agence. Mon nouvel associé, Doug Thompson, prendra soin des activités quotidiennes pour que je puisse passer au moins la moitié de l'année en France auprès de mes deux amours.

C'est trop beau pour être vrai.

Le visage de Maman s'éclaire d'un énorme sourire.

—Alors, c'est oui !

—Félicitations, Marguerite marmonne et se retire rapidement.

—Ouiiiiiiii ! Quelqu'un pousse un cri de joie, en frappant dans ses mains.

Cela pourrait être ou ne pas être moi.

Je me précipite vers eux et les enveloppe tous les deux dans mes bras.

—Papa, Maman, dis-je, vous venez de transformer mon rêve le plus cher en réalité.

Maman et Papa se fixent du regard, les yeux brillants.

Je leur fais un bisou sur la joue.

—Bon les amoureux, vous m'excusez un moment ? Je vais partager ce scoop avec mon fiancé.

Alors que je me dirige vers Noé, qui discute maintenant de quelque chose avec Zach, il se tourne vers moi et me regarde dans les yeux.

Un petit miracle se produit.

Malgré toutes les lois de la physique - quantique ou autre - malgré la distance entre nous, je sens qu'il me touche de la manière la plus intime possible.

De son âme à mon âme nue.

<<<<>>>>

NOTE DE L'AUTEURE

Le water-polo, qui est l'un des premiers sports olympiques, est un passe-temps national en Hongrie, en Serbie et au Monténégro, et est très populaire dans la plupart de l'Europe. Mais, chose incompréhensible, il est sous-financé dans d'autres parties du monde, y compris la France et les États-Unis. Toutefois, les choses sont en train de changer aux États-Unis, où le water-polo est un sport en pleine croissance. Ce n'est pas étonnant, vu les résultats de l'équipe masculine nationale (médaille d'argent olympique à Beijing) et surtout de l'équipe féminine (médaille d'or olympique à Londres et à Rio).

Pour cette histoire, j'ai inventé plusieurs clubs de water-polo, j'ai modifié les programmes de diverses compétitions et j'ai ajouté quelques « faits », comme Paris remportant une médaille d'argent dans le championnat national.

Toutefois, j'ai essayé de rester aussi près de la réalité que possible.

Merci d'avoir lu DROIT AU COEUR !

Si vous avez aimé cette histoire, **dites-le à vos amis** et pensez à laisser un commentaire court (ou long) sur **Amazon** pour aider d'autres lecteurs à découvrir mes livres.

LIVRE OFFERT

Tapez ce lien dans votre navigateur: tiny.cc/alix-club.

Vous recevrez avant tout le monde mes nouvelles parutions, des possibilités de gagner des cadeaux et des offres spéciales.

Dans votre première Newsletter, vous recevrez **une romance offerte** en e-book dans la série « Bistrot la Bohème »

EXTRAIT DE MON MEILLEUR ENNEMI

SÉRIE LES FRÈRES DARCY

Tout les sépare. Seule la haine mutuelle les réunit.

S'il existe un homme que la vendeuse et photographe amateur, Diane Petit, déteste plus que tout, c'est le grand fabricant de parfums, Sébastien Darcy, qui a non seulement volé l'entreprise du père de Diane, mais également détruit sa santé.

Mais l'arrogant salaud ferait mieux de se méfier parce que Diane prépare sa vengeance.

Et la vengeance est un plat qui se mange froid.

Mon meilleur ennemi est une comédie romantique inspirée de *Orgueil et préjugés*. Beaucoup de rires, un soupçon de mystère et une bonne dose de romance, y compris un faux mariage avec un milliardaire, dans ce best-seller aux États-Unis.

C'est une vérité universellement reconnue qu'un célibataire pourvu d'une belle fortune doit être un salaud né avec une cuillère en argent dans la bouche. C'est soit ça, soit un connard de nouveau riche qui a fait fortune sans s'encombrer de scrupules et en laissant des cadavres dans son sillage.

L'assistante qui a l'air d'un Cerbère retourne à son bureau et me dit :

— Monsieur Darcy est toujours en réunion.

— C'est bon, je lui réponds avec un sourire aimable. Je peux attendre.

Je pose mes mains sur mes genoux et je regarde le portrait qui orne – ou plutôt devrais-je dire qui défigure – le mur du couloir où je suis assise.

Y est peint le comte Sébastien d'Arcy du Grand-Thouars de Saint-Maurice, fils aîné du défunt Thibaud d'Arcy du Grand-Thouars de Saint-Maurice et héritier d'une fortune estimée à environ un milliard d'euros. Cette fortune ne vient pas d'un banal portefeuille d'actions ou d'une start-up. Oh non ! Elle se compose de biens qui ont été transmis – de manière parfaitement ininterrompue – depuis le Moyen Âge.

Même Robespierre et ses copains révolutionnaires n'ont pas pu mettre la main sur la fortune des d'Arcy.

Quelle chance de cocu !

À la mort prématurée de son père il y a dix ans, le jeune Sébastien est retourné vivre dans l'hôtel particulier familial au cœur du Marais et a pris les rênes de la principale entreprise de la famille. Étant à l'époque un débutant sans expérience de vingt-trois ans, on aurait pu s'attendre à ce qu'il prenne des tonnes de mauvaises décisions et qu'il fasse couler l'entreprise ou au moins en diminue la valeur.

Eh bien non !

Au lieu de cela, Sébastien Darcy a fait passer les Parfums d'Arcy de la troisième à la première place des producteurs européens de parfums – un exploit que ni son illustre grand-père ni son père maudit par le sort n'étaient parvenus à accomplir.

D'après mes recherches, il y a environ dix ans, le nouveau comte a choisi de passer à « Darcy », abandonnant ainsi l'apostrophe et le reste de son long nom. Je suis persuadée qu'il ne l'a fait que pour faire croire à ceux qui se trouvent *sous* lui – ce qui inclut la plupart des gens de ce pays qui a guillotiné la famille royale – qu'il est leur égal.

Mon œil.

Sébastien Darcy est un aristocrate puissant et riche, sans scrupules en affaires. Ce qui veut dire qu'il peut être classé dans la catégorie des salauds et dans celle des connards.

Non, pire encore. Il est le champion dans les deux catégories.

Et je le hais plus qu'aucun mot ne peut l'exprimer.

L'homme dont le portrait s'étale sur le mur semble sourire. Je frémis. Mes nerfs sont tendus à bloc. Est-ce que je vais me faire expulser si je crache sur la photo ? Bien sûr que oui. Je regarde l'assistante assise entre moi et le bureau de Darcy. Elle ressemble à un croisement entre un humain et un pitbull. Je suis sûre qu'elle aimerait trouer autre chose que du papier entre les mâchoires de sa grosse perforatrice.

Ma main, par exemple.

Mais je ne suis pas venue ici pour me battre avec l'assistante de Darcy. Je vais rester muette comme une carpe, les yeux baissés, le postérieur gentiment posé sur le bord de la chaise de designer, et les genoux joints et pliés sur le côté.

Tout comme la sage jeune femme pour laquelle j'essaie de passer.

Après trois semaines d'attente, je veille à ne pas éveiller les soupçons dans l'esprit du pitbull pour qu'elle n'annule pas mon rendez-vous avec Darcy.

Ne perds pas de vue ton objectif, Diane ! N'oublie pas que tu es ici pour déclarer la guerre au comte Sébastien Darcy en lui crachant au visage plutôt que sur sa photo.

Je regarde à nouveau le portrait, placé en parfaite symétrie entre celui de son grand-père, Bernard, qui a fondé l'entreprise, et celui de son père, Thibaud, qui l'a presque faite couler. Je le sais parce que j'ai bien fait mes devoirs.

Au cours des recherches qui m'ont pris une semaine, j'ai déterré toutes les informations qu'Internet avait à offrir à propos de Sébastien Darcy et de sa famille. J'espérais trouver des informations compromettantes et j'ai réussi. Le seul problème est qu'elles sont déjà connues – elles ne sont plus d'actualité.

Et donc complètement inutiles pour peser dans la balance.

Le pitbull lève les yeux de son smartphone et m'informe :

— Monsieur Darcy est retardé. Est-ce que ça vous dérange d'attendre un peu plus longtemps ?

— Aucun problème, je lui réponds avec un sourire poli. Je suis libre cet après-midi.

Elle hausse les sourcils comme si avoir une après-midi libre était quelque chose de répréhensible.

Comme j'aimerais pouvoir répliquer ! Mais je me contente de lui faire un sourire mielleux à souhait.

Elle fronce les sourcils d'un air indiscutablement dubitatif.

Je détourne les yeux et regarde à nouveau le portrait de Darcy. Outre le scandale déjà tombé dans les oubliettes, mes recherches ont révélé que Darcy est proche de son frère cadet, Raphaël, et aussi d'un ami de longue date, Laurent quelque chose. Notre homme-rapace a même réussi à avoir une petite amie sérieuse pendant une grande partie de l'année dernière. Héritière d'une chaîne de supermarchés, elle a brillé dans diverses soirées, galas et campagnes de collecte de fonds où elle a été photographiée au bras de Darcy. La rumeur raconte que ce dernier, amoureux de sa riche petite amie, allait la demander en mariage quand elle l'a soudainement quitté il y a environ six mois.

Bien fait pour lui.

Il n'a pas le droit d'être heureux alors que la vie de mon père est totalement bouleversée.

Je ne m'arrêterai pas avant de l'avoir détruit, même si cela veut dire que j'irai en prison – ou en enfer – pour avoir eu recours à des ruses malhonnêtes. De toute façon, ce n'est pas comme si j'avais encore une chance d'aller au paradis. J'ai déjà cassé les bras et les jambes de la poupée vaudou de Darcy.

Il n'y a pas de retour en arrière possible après avoir fait ce genre de choses.

La prochaine étape est de faire savoir qui il est vraiment et de le blesser de différentes manières, grandes et petites. Et puis, juste avant de lui donner le coup de grâce, de lui dire qu'il paie pour ses péchés.

C'est pourquoi, ma première action est de lui montrer mon visage et de m'assurer qu'il s'en souviendra et l'associera à quelque chose de *déplaisant*. Ainsi, lorsque ce sera le merdier, il saura qui en est la cause.

Le pitbull me sort brutalement de mes rêveries en me lançant :

— La réunion de monsieur Darcy a pris du retard.

— C'est bon, je peux–

— Non, m'interrompt-elle. Ça ne sert à rien d'attendre. Dès que la réunion sera terminée, il se rendra dans le neuvième arrondissement, où il est attendu dans une réception privée.

Je me lève.

Elle regarde mon doigt sans alliance.

— Mademoiselle, je peux vous reprogrammer pour le vendredi douze décembre. C'est dans deux mois, mais c'est le seul–

— Merci, mais ça ne sera pas nécessaire, je lui rétorque.

Je sais exactement à quelle réception Sébastien Darcy va ce soir.

Fin de l'extrait

A PROPOS DE L'AUTEURE

Alix Nichols est une incorrigible accro à la caféine et une fan inconditionnelle de monsieur Darcy, surtout incarné par Colin Firth. Elle auteure de best-sellers aux États-Unis. Ses livres sont sexy, drôles et captivants, et ils « vous tiendront en haleine jusqu'à la dernière page » (*Romantic Times Book Reviews*).

C'est à l'âge de six ans qu'elle écrit sa première romance. Composée d'une douzaine de pages cousues ensemble et reliées dans du papier kraft de couleur pourpre, elle se caractérise par une orthographe très créative.

Des décennies plus tard, elle aime toujours les romances. Son orthographe s'est améliorée (quelque peu) et ses livres ont figuré parmi les best-sellers d'Amazon, atteignant même la première place. Elle vit actuellement en France avec sa famille et son chien presque humain.

Pour la contacter en ligne :

Blog : alixnichols.com/fr
Facebook : facebook.com/AuthorAlixNichols
Pinterest : pinterest.com/AuthorANichols
Goodreads : goodreads.com/alixnichols

DE LA MÊME AUTEURE

Série « Les frères Darcy »

Mon meilleur ennemi

Pour une amourette

Droit au coeur

Un cowboy dans la grotte

Chloé la diabolique

série « Bistrot La Bohème »

Deux cavaliers sur l'échiquier

Un cadeau d'hiver

A propos d'Emma

Un rêve inattendu

A tort ou à raison

CPSIA information can be obtained
at www.ICGtesting.com
Printed in the USA
BVHW08s1516240818
525520BV00001B/118/P